ALBERTO FUGUET

Sobredosis

© 1990, Alberto Fuguet
© 1995, de la edición de Aguilar Chilena de Ediciones, S.A.
© De esta edición: marzo 2002, Suma de Letras.
  Segunda edición: marzo 2003

ISBN: 956-239-208-2
Inscripción Nº 75.922
Impreso en Chile/Printed in Chile

Diseño de colección: Ignacio Ballesteros

Diseño de cubierta: Ricardo Alarcón Klaussen sobre una imagen
de Fotobanco

Impreso en Quebecor World Chile S.A.

ALBERTO FUGUET

Sobredosis

Pa' mi hermano Paul

Índice

Deambulando por la orilla oscura

(Basado en una historia real)

Guardó el cuchillo ensangrentado en su bota y estiró sus viejos Levi's hasta dejarlos lisos y tirantes. Del bolsillo interior de su chaqueta de cuero extrajo un pito y lo encendió con indiferencia, como si nada le importara realmente, como si todo fuera una vieja película que ya no le interesaba volver a ver. Aspiró el porro, sintió cómo el humo le picaba los ojos y lo saboreó tranquilo, cero apuro, bien. *It's hard to give a shit these days*, pensó, citando mentalmente a Lou Reed. Se rió un poco, todo le parecía tan inútil. Después lanzó un escupitajo rojizo al suelo que se quedó flotando en el cemento. Le pareció raro, pero ni tanto. Arriba, las nubes negras pasaban rajadas.

Hora de partir.

Con un rápido movimiento flectó sus brazos hacia atrás, casi rajando su desteñida polera Guns N' Roses, e inició una lenta caminata por el callejón hasta llegar a la puerta de entrada. A medida que avanzaba sobre el pavimento, rodeado de cientos de ojos sin caras que le registraban cada paso, pensó que era justamente alguien como él lo que esos tipos llenos de colores necesitaban: un héroe, un huevón dispuesto a todo, un Rusty James chileno.

Al acercarse a las puertas de vidrio automáticas, el Macana pudo ver por una fracción de segundo su reflejo antes de que se abrieran. Se veía aun más fuerte, aun más seguro, como si lo siguiera una horda de ultraviolentos y él fuera el líder indiscutido. Su pinta de guerrero de pandilla americana, con ese aro chacal en forma de calavera, esas muñequeras, ese pañuelo de vaquero que le tapa la mitad de su desordenada melena que cuelga sin ánimo, lo hace verse bien, casi perfecto, con ese tipo de belleza que solo surge después de una pelea, después de tensar cada músculo y juguetear con cada reflejo.

—El Macana es el mejor, el más bonito.
—Es un reventado.
—Legal que lo sea, ¿o no?
—El compadre se las trae.

Al entrar al Apumanque sintió la mirada de todos y se dio cuenta de que se veía igual a los de las películas que emulaba. Soltó otra sonrisa bajo el neón rosado y siguió caminando orgulloso, sabio, certero. Un chicle aplastado lo hizo recordar la escena anterior, igual a un video de Slayer o peor: la sangre del Yuko saliendo caliente, sorpresiva, con humo. Y le gustó, fue emocionante, como en los viejos tiempos cuando andaba en la onda *thrash*, rock satánico, cosas de cabro chico, escandalizar con la pinta, joder, lanzarles pollos a los viejos para ver si así cachan. Pero ahora que era mayor, trece años vividos a fondo, a todo dar, el rollo era otro. Todo le estaba resultando. Ahora solo faltaba un detalle.

Desde la escalera automática divisó el típico aviso de Benetton en tres dimensiones: todos perfectos, combinados, adultos-jóvenes gastando sus tarjetas de crédito, viejas acarreando guaguas con jardineras Osh Kosh. Si tuviera una bomba lacrimógena, la lanzaría arriba de todos, tal como esa madrugada eterna en la Billboard cuando ya estaba aburrido de jalar en el baño, los *motts* le tenían los tabiques anestesiados, de puro *wired* la tiró para quedarse con la pista vacía y bailar hasta reventar. Odiaba el Apumanque, quizás por eso iba tanto. Todos esos parásitos que vegetaban en el Andy's, puras papas fritas y pinchazos, comida rápida, taquilla pura, amistad en polvo, esa onda. Sábado tras sábado, el lugar de reunión, ver y que te vean. Lleno de lolitas disfrazadas de cantantes pop, de esas minas que nunca atinan, que calientan el agua pero no se toman el té, de esos gallos que se hacen los machos pero que piden permiso para llegar tarde.

El Macana siguió subiendo hasta llegar al último nivel donde los autos están estacionados. Se percató de lo oscuro que estaba, de lo neblinosa que se había puesto la tarde. No podía relacionar las cosas. Estaba seguro de que el duelo fue de día, recién, en colores: el polerón púrpura, la sangre roja, pegajosa y coreana del Yuko, quizás un foco que iluminaba todo el callejón desde arriba. Los destellos del cuchillo, el vapor, el ruido del acero de su bota, disparos a lo lejos. Estaba débil, lo sabía; vulnerable, eso era peligroso: podían atraparlo de nuevo.

—Ya no es el mismo...
—Ya nadie es el mismo, huevón.
—Lo cagaron.
—Esa clínica le lavó el cerebro.
—Lo dejaron lerdo.

Sintió que lo seguían. Apresuró su paso: *Welcome to the jungle, it gets worse here everyday*. Debían ser los guardias de azul. Seguro que sí. Imaginó cómo, poco a poco, iba a extenderse el pánico a través de todo el Apumanque. Las viejas correrían a ver el espectáculo, ansiosas de saber si el herido era suyo o de alguna conocida. El efecto de esas anfetas le había distorsionado todo, tal como quería, sentir un poco de intensidad real, pero ahora le estaba llegando el bajón, el sueño, le hacía falta un poco de jale que se conseguía el Chalo en ese bar de General Holley. Recorrió todo el estacionamiento y no encontró nada, ningún lugar: todo cubierto, cercado. Típico.

Lo acechaban. Debía cambiar de táctica. Y rápido. Urgente. Probablemente lo tenían rodeado: eso estaba claro. No descansarían hasta destruirlo. Como al Chico de la Moto. Lo importante es saber dónde ir, pensó, no que te sigan unos cuantos cuicos que no son capaces de apreciar a un Drugo de verdad. Es típico, nunca se dan cuenta, los dejan al margen, como al Jimbo y a Cal, recordó, o los encierran, los tratan de locos, los dejan de querer, los obligan a juntarse en bandas de ratas huérfanas, errantes.

—Los Drugos sin el Macana son la nada.
—Seguro.
—Dicen que necesitaron cuatro para amarrarlo con la camisa de fuerza.

El casi centenar de compadres, con sus respectivas groupies, que se habían congelado en el callejón trasero de puro pánico, ya habían reaccionado. Hubo gritos, llantos, tipos que salieron soplados a buscar ayuda, otros que se subieron a las micros por si llegaban los tiras o los pacos. Las minas trataron de curar al Yuko, que yacía herido y sangrando, aterrorizado como nunca antes.

—No te dije que estaba loco, onda trastornado.
—Fueron las pepas, estoy segura.
—El Karate Kid no supo defenderse: se le hizo.
—De mais.
—Estos coreanos son pura boca, te dije.

El Macana empezó a deambular nervioso por el estacionamiento, dando vueltas y vueltas, casi corriendo. Tambaleaba de un lado a otro. Le era difícil saltar sobre los capós como antes: perdía el equilibrio, se le nublaba la vista, escuchaba tambores y saxos. Tiró al suelo su chapita *no future* y la aplastó, dejándola lisa y reluciente. No encontraba ningún sitio, ningún escape.

Agotado, comenzó a descender por la rampa de los autos. La parte de atrás del centro comercial parecía sacada de *Blade Runner:* puro cemento, murallas altas, vidrio mojado. Silencio total. Ningún espectador, ningún amigo.

—Parece un zombi.
—Se ve viejo: como de diecisiete.
—Está acabado.

Abajo, al final de la curva que bajaba, dos guardias con los ojos fijos en el Macana. No le era desconocido ese tipo de mirada. A lo largo de sus años —se crece rápido cuando no se tiene a dónde ir— la había visto varias veces: inspectores, médicos, siquiatras, jueces, policías. Un guardián-en-el-centeno, agente de Pinochet, levantó su walkie-talkie. El Macana saltó encima de la delgada muralla y comenzó a correr hacia arriba por la angosta faja de cemento. A medida que el paredón crecía en altura, la pendiente se agudizaba. Abajo, el callejón vacío, oscuro.

Ya no había mucho que hacer. La muralla por donde arrancaba llegó a su fin. Los cadáveres jóvenes también se pudren, pensó, pero ya no había nada que hacer y el asunto le parecía emocionante, entretenido. Pegó un salto y voló varios segundos hasta estallar en el pavimento trizado. El cuchillo rebotó lejos, cayendo bajo el único farol que funcionaba.

(1987)

Amor sobre ruedas

«*And girls just wanna have fun...*»
CINDY LAUPER

Todos los fines de semana, incluso los domingos después del *Jappening* o del fútbol, Sandra y Márgara se subían a un Toyota Celica azul-cielo y recorrían Apoquindo buscando tipos —o *minos*, como decían ellas— con quienes pinchar. Era casi como un deporte, un verdadero hobby, pero a ellas les parecía bien, entendible, para nada un vicio denigrante como les habían dicho por ahí. Cuando empezaron a salir los martes, sin embargo, tal como hoy, hasta ellas mismas se dieron cuenta de que quizás se les estaba pasando la mano. Pero nunca tanto. Total, pensaban ellas, peor era quedarse solas, cada una por su lado, pasándose películas, frustradas a morir.

La que manejaba era Márgara, la dueña del Celica, que por esas cosas del destino no era la que llevaba las riendas al momento de hacer la conquista. Las razones eran básicamente dos: debía preocuparse de guiar bien el auto (un choque sería vergonzoso, totalmente fuera de lugar, como caerse mientras se baila un lento); y lo otro era que no le pegaba tanto al oficio de engrupir como la Sandra, su amiga y copiloto, la cerebro del dúo, que era bastante atractiva, como exótica, con el pelo largo que le tapaba un ojo, negro brillante con rayitos rubios, bien a la moda. Juntas, Sandra y Márgara —que era más baja, entradita en carnes si se quiere— se juraban las reinas del pinche sobre ruedas, las Cagney y Lacey de Apoquindo, aunque estaba claro que eso era pura imaginación, porque había otras minas a las que les iba harto mejor en eso de la conquista de auto a auto.

Sandra y Márgara eran buenas amigas, aunque igual se aserruchaban el piso a la hora de la verdad. Cada una por su lado y que gane la mejor si se la puede. Se conocían de toda la vida, compañeras de curso y de banco, con todo lo que eso implica. Algunas antiguas compañeras de curso con las que se juntaban a tomar once, a pelar, les habían dicho, no mucho antes, que era decadente y triste eso de andar buscando hombres en la calle. Hasta peligroso. Ellas les respondieron, en cambio, lo que ya tenían bien asimilado: «¿De qué otra forma vamos a conocer hombres?» Y, de alguna manera, era cierto. En sus respectivos institutos ya ubicaban —como decía Sandra— al ganado masculino disponible. Sabían perfectamente quién era quién, o sea, que ninguno las inflaba demasiado. Los compañeros de curso eran solo eso: compañeros. Y se acabó. Claro, podían meterse a alguna actividad, ¿pero cuál? ¿Gimnasia aeróbica?: puros maricones. ¿Cursillos de filosofía, de poder mental, talleres literarios?: puros locos, huevones trancados. No, no eran de esa onda. Para nada.

El panorama era entonces desalentador, poco viable. Por eso habían llegado a la conclusión de que era más que necesario salir al encuentro, tal como lo estaban haciendo hoy, porque si se ponían a esperar a que llegara ese príncipe tan anhelado, lo único que iban a sacar en limpio era que, aunque sonara siútico, el tren se fuera sin ellas.

Había sí un consuelo: no eran las únicas dedicadas a eso ni mucho menos. Cada vez que salían de ronda, como esta extraña noche, se cruzaban en su camino con un buen número —un aterrador número— de mujeres que buscaban lo mismo o quizás aun más, porque algunas de ellas iban a la pelea firmeza y Sandra y Márgara andaban en la onda tranquila, tratando de conocer tipos para después elegir al más adecuado, al más tierno del montón. La competencia, entonces, era dura, sin compasión. Cada hembra necesitada, cada vieja en busca de carne joven, cada mina lateada, era una amenaza para las dos.

Es difícil creer que dos mujeres jóvenes que salen a buscar hombres —tenían su tope en tipos de treinta— no lleguen hasta el final. Tampoco atracaban. Y no era porque no lo desearan sino simplemente por la fama. Santiago es, en el fondo, un pueblo chico y, tal como siempre lo repite la Márgara, la que se da el lujo de saltar de cama en cama, después lo paga. La idea, entonces, era conocer tipos en auto, aceptar que las convidaran a tomar bebidas, decir que sí, estar un rato, intercambiar teléfonos, a lo más ir a un mirador y casi nunca tener algún contacto mayor.

Como no eran tontas y sabían que era necesario cuidarse, aunque esta noche, esta noche era otra cosa, nunca aceptaban ir muy lejos. Tenían como ley no bajar más allá de Providencia con Lyon y no subir más allá del Tavelli de Las Condes. Otra regla era siempre seguir en el auto propio, así si los compadres se ponían hostigosos, se viraban y listo. Los tipos que conocían generalmente eran pintosos (si no, no los saludaban a través de la ventana), de buen nivel, con autos más o menos potables. Básico era que les gustara la música y que la tocaran bien fuerte. Dependiendo de la emisora, Sandra y Márgara sabían la onda de los desconocidos y si cumplían las exigencias mínimas. Típico resultaban ser estudiantes del Incacea o del Inacap, pocas veces les tocaban universitarios de la Católica, pero eso era pura mala suerte porque ellas sabían que aburridos y parqueados había, y muchos, y que el hecho de ser inteligentes no es sino una razón más para necesitar salir a buscar mujeres, porque estaba súper probado que mientras más capos los tipos, más imbéciles para ser felices.

En eso mismo están pensando las dos: en la dosis de suerte que se necesita para enganchar pareja. Quizás esta noche, noche bastante tibia para ser octubre, las cosas se den de otra manera, esperan. Algo se intuye, incluso. La noche está distinta, trastocada. Rara.

Apoquindo, la avenida más usada del barrio alto, con sus tres pistas para arriba y sus tres para abajo, tiene bastante actividad para ser martes y casi parece sábado; esto las pone de buena y les da ánimo mientras recorren esta parte de la ciudad. Sandra anda hecha una loca cantando a todo full (aunque no tiene ni idea de inglés, solo sabe que David Bowie es como lo máximo), moviendo todo su calentador cuerpo al ritmo de la radio, creyéndose estupenda y orgullosa de ser joven, de tener plata, de ser ella.

Tal como se decidió, Sandra anda con una polera muy apretada, sin sostén, con sus pezones erguidos detrás del algodón que tiene estampado un *Any time you want* rojo. Márgara se puso, aunque en realidad no se la cree porque de *femme fatale* no tiene nada, una falda con dos tajos que según ella mata a cualquier tipo en menos de un minuto. Arriba un peto negro súper brilloso que le queda medio suelto. Además se arregló el pelo para verse como si recién viniera saliendo de una cacha con tutti. Como sombra de ojos, una pintura canela que destella chispazos dorados. Las vestimentas de las dos no son de día martes. Son como para ir a la pelea.

Las nueve diez, relativamente temprano, aunque nunca tanto si se toma en cuenta que el toque es a las dos. Salen a Apoquindo, la calle sagrada, por El Bosque Norte, la de los restoranes que ilustran las páginas de la *Mundo Diners*; doblan hacia arriba, rumbo a El Faro, donde la taquilla se juntaba antes de que muriera por pasado de moda. Andan inquietas, como preparándose para la victoria, conversan puras tonteras y quizás por eso no se han dado cuenta de que hace media hora que las siguen de cerca, bastante cerca, casi raspándoles el parachoques. Tanto parloteo y tanto mirar para los lados las hace olvidar lo que hay a sus espaldas: un auto negro, brillante y luminoso, que refleja las luces de toda la arteria. El auto es bajo, como una lancha, y avanza lentamente, casi sin tocar el pavimento, espiando a las dos mujeres que recorren las calles buscando al hombre perfecto.

Sandra enciende un cigarrillo. Lo aspira y suelta el humo, grácilmente. Mira a Márgara, que parece decepcionada. Sus ojos tan maquillados se ven muertos, fijos en el tráfico que está adelante; no en el de atrás. Sandra sigue fumando; en la radio la Madonna canta *feels so good inside* y ambas se saborean los labios. Pero así y todo no pasa mucho. No hay caso: mientras más intentan pasarlo bien, peor lo pasan. Quizás sería mejor volver a casa.

De pronto los ojos de la Márgara se encienden. Un antifaz de luz estalla en su cara. La iluminación sale del retrovisor, como si hubiera reflectores invisibles colocados en el espejo. Rápidamente Sandra se da vuelta y ve las dos luces redondas resplandeciendo como panteras en su cara. El auto azabache disminuye su velocidad y comienza a quedarse atrás. Pero solo por un instante. El señalizador se prende. Avanza, se coloca en la otra pista y acelera. Ya está al lado de ellas. El azul del Celica se refleja en el elegante negro. Ambas están calladas, atónitas. Las ventanas del auto también son negras y relucen. No se ve nadie adentro. Están muy cerca, apenas unos centímetros de distancia. Ambos se desplazan a la misma velocidad. Luz roja. Los dos se detienen.

Ahora están uno al lado del otro. Sandra, que ya tenía su ventana abajo, está con el codo afuera y mira de reojo la negra ventana. Vendería su alma con tal de poder ver quién está dentro. Y el deseo se cumple: las ventanas —todas las ventanas— comienzan a descender automáticamante. A medida que bajan, va saliendo cada vez más fuerte un rock cuyo ritmo asemeja el del latido de un corazón. El interior del auto está iluminado y una extraña luz verde se escapa a través de los espacios que dejaron. Adentro hay cuatro hombres, tipos de veinte, veinticinco años. Los cuatro parecen sacados de una revista de modas masculina. Son perfectos, bellísimos; sus pieles color maní emanan una fragancia espesa y atrayente que cruza de un auto a otro. Cada uno es distinto, tienen peinados diferentes; lo mismo sus ropas, sus relojes, sus rasgos. Pero los ojos los tienen iguales. O muy parecidos. La misma mirada fija, dura, atrapante. La estilización de sus rostros los hace verse falsos, fabricados, maniquíes vivientes que respiran, sudan, acechan.

Luz verde. Ambos parten. Márgara, sin saber por qué, cambia la radio y sintoniza la misma estación que la del auto negro. Ninguno de los dos se adelanta. Se mantienen paralelos. Los tipos no las miran. Ellas no hacen otra cosa que contemplar con la boca abierta y húmeda a esos cuatro ejemplares soñados. Apoquindo parece más lenta, más vacía. Luz roja.

Sandra infla un globo con su chicle rosado. Está que revienta de enojo y tensión. Los cuatro hombres aún no miran para el lado. Y están tan cerca. Bastaría con estirar la mano un poco para acariciar ese mentón duro y serio, para revolver

25

ese pelo a lo Sting, corto y castaño, empapado de gel. Pero el tipo mira quieto el vacío mientras golpea el volante con sus dedos. Los otros tres tienen sus platinosos ojos fijos en el grupo de prostitutas con abrigos de piel sintética y medias caladas que rondan por la esquina de Burgos. Márgara observa con envidia cómo las codiciadas miradas del auto negro se dirigen a esas minas de mala muerte y no hacia ellas, que están de miedo, listas para todo, rajas de calientes por esos cuatro gallos malditos de buenos, enfermos de matadores. Luz verde. Partir.

Márgara acelera a fondo, haciendo rugir el motor, pero no parte. El auto negro sigue ahí, impávido. Una vez más acelera, saca humo y para. Los tipos no responden. Siguen acelerando, suelta, acelera y suelta, embraga: primera, pela forros y sale, segunda, volando, rajada, a concho, setenta, noventa, picando a todo dar, y el auto negro, refulgiendo como un jaguar oscuro electrificado, como las zumbas para arriba, pasando el letrero rojo de la Gente, el Bowling y su mundillo, dejando toda la taquilla atrás, alcanzándolas, colocándose a su lado, cerca, el viento está fresco y fuerte, despeinando, removiéndolo todo y la Sandra que ya está casi afuera de la ventana, eufórica y rayada, se agarra sus dos tetas con las manos y las aprieta hasta que por poco sus pezones atraviesan la tela y les grita con toda su fuerza *¿quieren hueveo, locos?*

Y comienza a tirarles besos, a abrir su boca, a sacarse el rouge con la lengua. Márgara sigue acelerando, ya van en ciento veinte, no puede parar, la radio ya revienta, *there'll be swinging, swaying, mu-*

sic playing, dancing in the streets y los tipos, cosa sorpresiva, comienzan a sonreír, a tornarse humanos
y les devuelven los besos, les gritan frases, garabatos, guiños de ojos, vamos, Márgara, acércate, éstos sí que van a la pelea, yo me quedo con los de
adelante, total, una vez en la vida, qué te importa,
huevona, si príncipes nunca vamos a encontrar, loca, una buena cacha no le hace mal a nadie y los
minos se van acercando, suave, lento, deslizándose
a su lado, ven, guapo, más cerca, así, para sentirte,
cosa más rica, si supiera tu mamá, lindo, ven, déjame chuparte, lamerte y... ¡mierda!, algo cambia, el
auto comienza a enfurecerse, a echar chispas, a
tratar de arrollarlas, sacarlas de la pista. Se inicia el
encierro, la guerra, el caos; el auto negro arreme-
te contra el Celica, trata de chocarlo, de destruir-
le la puerta lateral y la batalla sigue, a alta velocidad, solos, sin ningún auto cerca, solamente la
avenida como campo de combate y Márgara acelera, lo más posible, mientras que los tipos del auto
negro les gritan garabatos, más garabatos, insul-
tos, les lanzan escupos y pollos, se bajan los Wran-
glers y se largan a mear sobre el Celica, a juguetear
con sus presas, a ofrecerlas, y ambas radios, como
si estuvieran conectadas, como si el auto negro ya
dominara, emiten sinfonías crípticas, sonidos bajos
y densos, chirridos diabólicos y guitarra pesada,
enervante, rock metálico, rock satánico y la niebla,
rara para octubre, una niebla verdosa y áspera, inicia su entrada a la calle, llenándola hasta las azo-
teas de los edificios, tapando toda la vía, bloquean-
do la vista, los sentidos, paralizando los reflejos y

el auto negro avanza sobre el colchón de niebla, circunda al Celica hasta encerrarlo en un tornado púrpura y viscoso y, en medio de risotadas que se escuchan a lo lejos, del caos metálico que se escapa de las alcantarillas, desaparece por una calle transversal, dejando como huella un temblor en los árboles y un estallido en la brisa.

Márgara y Sandra están sentadas en medio de Apoquindo con el auto parado. La calle está vacía, sin gente, sin buses, sin nada. La niebla sigue y aumenta. Ambas respiran hondo y tratan de olvidar lo recién vivido. La radio ya no funciona. Está muerta.

Se suben al auto, encienden el motor, dan vuelta, y comienzan a volver a casa en silencio, tratando de no meter bulla. El trayecto se hace eterno, como si el pavimento se dirigiera en la dirección contraria. La soledad de la avenida y el mutismo reinante aún no pierden su olor a complicidad. Márgara mira por el espejo y ve dos luces a lo lejos que se vienen acercando rápido. Acelera como nunca lo ha hecho antes.

De una esquina aparece un auto negro que rozando diagonalmente la calle se instala frente a ellas, bloqueándoles la vía de escape. De la nada, dos autos negros se colocan uno a cada costado. Márgara vuelve a mirar el retrovisor: otro auto negro está pegado a su cola. La radio comienza a funcionar, remeciendo los vidrios. El motor se apaga. Los cuatro autos se detienen. Una puerta se abre.

(1986)

Los Muertos Vivos

El único descartuchado del grupo era el Drago. Los otros Goonies lo odiaban por eso, encontraban que se creía la raja, superior, siempre haciéndose el duro con sus típicas poleras sin mangas y su pelo a lo *Top Gun*.

Justo después de volver del veraneo, pensaron ir a uno de esos saunas que había cerca de Los Cobres de Vitacura para celebrar los quince del Bambam, el mayor del grupo, pero se les hizo. No se la creyeron, en especial después de ver a los Durán agarrar tan fácil. Así que mientras tanto las *Playboy* y *Penthouse* del Rocky, los videos pornos del papá del Pipe, papel confort, quién se va cortado primero, quién lanza el chorro más lejos.

Los Goonies —Drago, Polo, Pipe, Bambam y Rocky, el más chico, trece no más— habían pasado el verano en Tongoy, buena onda pero pocas minas, en la casa del Polo. Como su vieja tenía un nuevo amante, un milico con un buen puesto, la raja. Les daban plata para que no jodieran, para salir toda la noche.

Los Durán-Durán —el Pipe los bautizó así por sus peinados— arrendaban la casa del lado para puro reventarse hasta morir. Máximo desorden, la fascinación misma porque ahí todo podía pasar y, de hecho, pasaba. Dejaban las cortinas abiertas y se veía todo. Eran como seis o siete, nunca quedó claro, tenían una Van como en los réclames, y ene pitos, trago y edad, más de dieciocho, ya en la universidad, privada por supuesto, a punto de ser echados. Los Durán, como todos los de su legión, rugbistas lesionados, cadetes arrepentidos, tipos con ticket de temporada, eran pesados, con esa pesadez que cargan los elegidos. Y cultivaban su imagen de chicos buenos-pero-malos a la perfección. En especial el Conejo, el líder, taquilla pura, onda heavy para las pepas, todo pasando, loco, se jalaba sus líneas en los baños de los bares y después les quebraba los vidrios a los autos de las minas que no se dejaban comer.

Los Goonies, como tenían plata pero nada más, contrataron a los Durán un par de veces para que los sacaran a pasear por Tongoy, para que los llevaran a chulear a Coquimbo, a carretear por Morrillos y La Herradura. Los Durán les bolseaban pisco, vodka, Viceroys, uno que otro completo, churros, de todo. Como pago, los dejaban escuchando la radio en la camioneta mientras ellos entraban a bailar o se echaban su cacha a oscuras en la arena.

Marzo era una lata, las clases súper pronto, primero medio, pero todavía quedaba una semana. Ir a Provi, ver una película, comprar el uniforme en Peval.

A todos les gustaban Los Muertos Vivos, al Pipe más que a nadie. Los cinco tenían sus cassettes, compraban la *Rockstock* todas las semanas porque traía las letras y tenían posters de ellos en las puertas de los closets o pegados en los techos. Todos querían a Los Muertos Vivos, era que no. Admiración real, identificación pura. El Tiví, el vocalista, proleta *made in Renca*, estaba en otra y atinaba bien, se agarraba para el hueveo a la prensa que no cachaba ni una, hacía lo que le daba la gana, lo pasaba de miedo y le daba patadas de Tae-Kwon-Do a quien se le pusiera delante.

Drago decía que los Vivos eran importantes porque les gustaban a las minas pero también a los compadres, y eso —según su hermano que tenía compact-discs y estaba suscrito a la *Spin* y todo eso— era la fórmula perfecta para medir calidad. Así fue con los Beatles, contaba. Claro, había grupos mejores, pero estaban lejos, inalcanzables.

En Chile, directo desde el underground y las poblaciones, Los Muertos Vivos, «sobrevivientes de una generación perdida», como escribió uno de esos críticos posmos que no saben nada de nada, asustaban. Sabían cantar lo que todos intuían y distorsionaban ene. Y no solo acá, sino en Argentina, en Perú, hasta en países como Paraguay donde los Vivos estaban prohibidos, censurados, aun más que en Chile, donde la tele los odiaba por su canción *Te degollaron pero fuiste a la fiesta igual*. Todos cachaban que estaban contra Pinocho y sus matones, pero hasta ellos mismos tenían que reconocer que eran grossos. Como el viejo del Laucha

31

—otro Durán—, que fue jefe de un comando secreto, seco para los enfrentamientos. Ni él podía sustraerse al fenómeno de los Vivos. Sí, ya eran leyenda. Hasta decían que eran del Frente. El estrellato, la consagración misma les llegó un año antes cuando la alcaldesa culeada le dio la gaviota al Tiví y el huevón, puta el huevón simpático, se la pasó por la raja, le dio un beso con lengua a la vieja y la Quinta se vino abajo y el grupo entero tuvo que pasar a la clandestinidad. Bambam no cachaba mucho de política, ninguno de los cinco en verdad, ni valía la pena, igual un asco, solo que por más prohibidos que estuvieran los Vivos, más los escuchaban y seguían con devoción, tal como millones de otros drogos y lanas, cuicos y surfistas, intelectuales y místicos. Algo los unía, era superior a sus diferencias. Eran Los Muertos Vivos. La máxima prohibición, la curiosidad más urgente.

Bambam lo sabía y eso era lo que le atrapaba la imaginación, lo que enervaba a sus padres. Los rumores, lo que se decía, que los habían matado, desaparecido, que sonaban por la radio Moscú, panfletos anunciando recitales clandestinos, canciones inéditas.

La voz corría. Todos hablaban: los Vivos iban a cantar. Y los Goonies no se lo iban a perder. Ni cagando. Ya estaba bueno. Desde chicos: no se metan, nada que ver, estamos bien, mañana mejor. O se acuestan temprano o los matamos. Si los Vivos volvían a aparecer, allí había que estar. Costara lo que costara.

Ya llevaban como tres días en Santiago y realmente era la nada. La peor ciudad del mundo, el peor país, puras ovejas lateadas caminando por suburbia, subiendo y bajando escaleras automáticas, tomando helado de pistacho, masticando papas fritas con ketchup.

La única salvación era jugar a los *games* y escuchar a los Vivos a través de un walkman.

El Drago fue a parar el dedo a los Delta y se gastó un bolsillo lleno de fichas. Ahí se encontró con el Conejo, súper apernado a un Space Invaders. Medio en otra el Conejo, sonriendo solo, cagado de la risa, le preguntó si iban a ir a ver a Los Muertos Vivos, que seguro iba a estar a todo dar, compadre, pero Drago le dijo que no, no tenían entradas ni pase, ni siquiera sabían bien dónde lo pensaban realizar.

Ahí el Conejo se chantó, le puso orden a su melena, se sacó sus John Lennon oscuros y oye, compadre Goonie, no podís ser así, igual van, seguro que van. Los corresponsales extranjeros van a estar filmándolo todo, va a ser medio ni que acto, la manga de locos del MIR y del Frente, los Humanistas prometen abastecer con toda la chilombiana que logren cosechar.

El Drago escuchaba atento, más que interesado. Nunca había visto a los Vivos, solo por la radio, a través de la Moscú, de la Cooperativa antes que la cerraran.

El Conejo: ¿te acordái del Vaca? Bueno, la huevá es que terminó con la Sofía, esa cuica con que andaba en la playa; ahora atina con esta

Nanny, una loca más reventada que él, medio izquierdosa, pero en buena, escucha a Led Zepellin y todo, nunca lana ni canto nuevo. La comadre ésta resulta que trabaja para una radio clandestina que tienen unos curas holandeses de no sé qué población y la mina —que es fea pero buena pa'l pico y hasta escribe con seudónimo para la *Rockstock*— cacha todo el mote y nos consiguió ene entradas, pase libre, ella es de las pocas que sabe dónde lo van a hacer, porque si los pacos averiguan, queda la mansa zorra, todos presos, seguro que echan a todos los Vivos del país o los fusilan ahí mismo y después dicen que fue un mitin, así que cálmate, Drago, que no panda el cúnico, tú y los Goonies van, no van a quedarse parqueados y perderse el evento del año. Este pechito invita, no te preocupes, el sábado tipo ocho los pasamos a buscar a la casa del Pipe, cero problema, vos no más callado, no hablís mucho, que tu padre es facho, huevón, y con ese tipo de gente nunca se sabe.

Ahí están, ansiosos, medio asustados, mirando unos videos de MTV que se consiguió el Rocky, esperando que los Durán los recojan, dudando si acaso los huevones no les tomaron el pelo y los dejaron plantados.

Por fin aparecen; ya se estaba haciendo medio tarde.

Todos arriba del Van, las cuatro hileras de bote en bote: la Nanny, la mina de la radio, con un sombrero con velo muy charcha, está al lado del Vaca que no pesca. Una tal Solange, con el pelo rapado y anteojos lilas, vegeta. El Laucha trata de leer un cómic pero no puede, se marea, está en mala.

Un par de semáforos, la carretera, desvíos, calles raras, oscuras.

El Jaguar atina con la Sara, la misma de Tongoy, la de la tanga y los ojos verdes. Taquillando para variar, el Laucha, que siempre está solo y por eso cuenta tanto chiste, canta con cero entonación uno de los mejores temas del Tiví. Rocky trata de imitarlo, pero no le resulta, incluso da vergüenza ajena; se nota que está cambiando la voz. Mejor pongamos a los B-52, *Song for a Future Generation*, dice el Lobo, que es retro-progre: los Muertos me están hinchando su poco.

El Conejo aspira su pito, se lo pasa al Gato, que reparte una botella de pisco, pisco de 40 con un poco de ácido del que siempre se consigue. Nadie se da cuenta, ni cachan, y el Pipe toma hasta llenar su boca y hace buches y deja sus encías como anestesiadas.

Atrás, el Conejo y el Gato, que se dejó patillas y barba al estilo rockabilly, onda Stray Cats/Elvis Costello, comprimen a una mina. Media mina, pedazo de mujer. Les presento a Marushka, una amiga, dice el Conejo. Saluda a los Goonies, que la tienen chica, como la del Luis Miguel, pero igual... Son calentones los cabros, galla, como a ti te gustan. Si se portan bien, huevones, capaz que después la Maru les haga una francesa o algo.

35

La famosa Marushka está pasada a gel, el pelo lleno de estrellitas. Le da feroces besos a cada Goonie: en la mejilla al Polo, en la nariz al Rocky, en la oreja al Bambam, casi en los labios al Drago, en la boca, con lengua y saliva, al Pipe.

¿Hay más pisco, Conejo? Sube la radio, Gato, que no escucho ni pico.

Hasta aquí llegamos, no más. Ahora a caminar. Y callados los huevones, que si nos pillan, directo al sótano.

Casas de adobe chatas, basurales con olor a cadáver, sitios eriazos, fogatas. La sombra de un campanario oscurece aun más la calle de adoquín. El Van tapado con cajas de cartón. No hay ni luna y los rascacielos se ven tan lejos que ni protegen.

Vamos.

La Marushka le toma la mano al Rocky y le agarra el paquete detrás de un paredón rayado con consignas contra los sapos del barrio. Después lo mira y lo deja.

El viento arrastra panfletos mientras el grupo camina en silencio. El Conejo deja caer una botella. Todos piensan que es el fin.

No fue fácil entrar. La Nanny y su velo, con la calma necesaria de los que saben de guerrilla y subversión, los llevó hasta la iglesia vieja, de ladrillo negro, sin Cristo, una gran nave cuya cúpula cayó durante el último terremoto, matando a toda la concurrencia.

Los Goonies entraron en silencio al destartalado lugar, lleno de ratas y tarros oxidados. Arriba, las nubes avanzaban. Todos en fila india, uno detrás de otro, siguieron a la Nanny que abrió la puerta de un confesionario y descendió.

Tal como en una película mala, había pasadizos, una escalera caracol que descendía y descendía rumbo a la tierra helada, mazmorras húmedas con musgo y crucifijos abandonados. Una vez abajo, un pasillo eterno que llevaba a uno central, más iluminado, con viejos afiches de los años de la revolución, de poetas ingenuos y cordones industriales. Todos marchaban rápido, al son de sus latidos. Los tacos de la Marushka retumbando como las balaceras del amanecer. Poco a poco se escuchaba la música, los ritmos de unos grupos argentinos que habían sobrevivido a lo de allá, que cantaban temas también prohibidos y que seguro estaban de teloneros.

El pasillo terminaba en una gran bóveda, un planetario escondido lleno de luces púrpura, verde y granate, detrás del humo y de las miles de personas. Un ser con pinta de canceroso, sin pelo y con mucho hueso, les cortó las entradas y ya estaban dentro, empapados con la transpiración ajena, perdidos entre los miles de tipos que, de una forma u otra, se habían comunicado entre sí, armando la red, logrando ingresar por uno de los tantos accesos secretos que los llevaron, por alcantarillados y rieles muertos, a este anfiteatro subterráneo, un viejo estanque de agua borrado de los mapas de la alcaldía.

La música de los argentinos retumba sobre el techo y una gruesa trenza de fanáticos salta y baila, cantando cada letra, respondiendo a cada talla, gritando «y va a caer, y va a caer» entre tema y tema.

Los Muertos Vivos aún no aparecen y hay rumores que dicen que fueron interceptados, que hay sapos entre el público. Los Durán desaparecen entre la masa, bailando, buscando minas que en noches como éstas son aun más fáciles y gratis.

Espectacular la Marushka, no hay nada que hacerle. Medio chula, chulaza, pero rica, carnal, le sobra la carne, le cuelga. Toda de negro, malla Newton-John apretadísima, que se le mete hasta adentro, blusa de raso que le aprieta las tetas, aros que brillan y provocan.

Los Muertos ya están en escena, apenas se escuchan por los gritos unos riffs que parten la guitarra, un saxo más loco que la cresta y los cinco Goonies bailando, cantando las letras, *espías en el baño, gorilas en mi mano*, los cinco con sus 501 viejos, roñosos, con la típica franja de género de color intercalada entre las costuras que les cosió la abuela, la madre o la empleada con tal de taquillar.

El Tiví grita contra el viejo, que se muera el culeado, tira el bajo al suelo, se raja la polera camuflaje y canta que da pena, que da risa, que emociona. La Marushka se traga una píldora, masca chicle, hace un globo, se agacha para ajustar sus trilladísimas botas blancas con flecos que cuelgan como corbatas usadas.

Los cinco la miran, cuartean, se dejan llevar por el ritmo; el ruido no los deja entender lo que piensan. En el baño mojado hay gente que está tirando: minas arrodilladas, tipos sentados sobre el wáter.

La Marushka fuma un pucho, el Bambam la huevea, el Pipe la mira atento, el Polo la puntea, el Drago jura que está enamorado.

El Conejo mira de lejos, entre el humo y los laser. Se ríe solo. Recuerda un recital de los Soda: *...al menos sé que huyo porque amo*. Se ríe de nuevo.

La Marushka, sudada, con las axilas llenas de rizos masajeados con Etiquet, el gel escurriéndose por sus mejillas, arrastrando el polvo, la base, el brillo con sabor a damasco. Baila sola, asumida, casi cayéndose, un balanceo sensual y barato, divertido.

Los riffs de los Muertos retumban. El Tiví, ronco, casi sin voz, arrastra sus letras por el escenario, insultando a los rubios, a los tiras, a los viejos: *de qué mierda alegái, vos solo te pajeái, el día que esta huevá se acabe, ahí te quiero ver: arrancando de tus culpas como los milicos que hoy insultas.*

Debe ser fabuloso, debe ser terrible estar allá arriba, piensa el Conejo, que sigue mirando a la

Marushka, solo, entre un grupo de gordas que se saben todas las letras y usan chapitas pro-Vicaría. Que todos te adoren, que procesen todo lo que dices, que traten de tocarte, decirte que te entienden, que piensen y odien igual que tú. El Conejo sabe que sus temas no sirven, que les falta algo que él no tiene. La Marushka, que no sabe nada, se lo dijo una vez, de pasada, mientras se lavaba en un bidé.

Deben ser diez mil, siguen llegando, por todos los pasadizos secretos que todos juran nunca revelar. El Tiví y el resto de los Muertos aún no se cansan: *Nunca hables, cállate, cuidado; ahora tú me dejas y yo callado...* Debe ser fabuloso, debe ser terrible, piensa, y aspira un huiro mojado que circula de mano en mano. Todos desean alcanzarlo. Como estar en un roquerío con el mar furioso que trata de azotarte, de mojarte, de salpicarte para que te des cuenta aunque sea solo por una vez.

El Rocky jura que tiene un bajo en sus manos y hace piruetas alrededor de la Marushka, que sigue sudando como una llave abierta: sus pantalones se le pegan, se le mojan alrededor del cierre. El Polo tiene la camisa totalmente abierta y trata de lucir lo que no tiene. Se acerca matando, como en los videos, ojos entrecerrados. Ella le responde con caricias en la espalda, dedos y uñas postizas que resbalan por una piscina de fluidos. Da media vuelta, se arregla una bota, se estruja el pelo y comienza a puntear al Bambam, rozándole lo que nunca le han rozado.

Drago está fuera de órbita, a su lado, muy cerca, como un satélite obseso, sin ninguna coordinación, desarmándose entero, agarrándola por atrás, apretando sus muslos inmensos, jugando con esas esponjas delanteras, demasiada sobredosis esta noche, se ríe solo, ya no aguanta tanta mirada, tanta talla y doble sentido, tanto infierno inútil.

El Pipe, típico, no atina, no entiende, funciona sin permiso, su cuerpo salta y brinca, no analiza nada, no vale la pena, mejor, si se arriesga y pierde, pierde pero no muere y se arrodilla, casi afilándose el suelo, besos en esas pantorrillas sobredimensionadas, duras, sube lento, suave, nada más rico, un beso largo con una lengua que le hace cosquillas en las amígdalas y lo llena con un sabor a pisco, a tabaco y a machas recién abiertas.

Ese miedo que me despierta en las noches..., cantan y los cinco ya ni aguantan, que la huevá se acabe pronto, es tortura, todo en tres dimensiones, cuatro, borroso, cómico, los tímpanos clavan, el suelo rebota, la Marushka, puta que está buena, huevón, ideal, se lo come todo, se nota, gira y salta, vuelve a girar, los busca, a mí, no, al Rocky, el Pipe es muy chico, el Drago jura que sí pero no, no lo elijái, a mí, yo tengo lo que necesitái, sé hacerte feliz, cacho lo que querís, eso está claro, no con él, conmigo, no me caguís, no me dejís a un lado, mirando, el Polo no tiene ni una chance, Bambam se jura estupendo, pero no, no pasa nada, no se lo va a llevar, ven a mí, no me huevís, a mí, a ti que te miro, a ti loca, no te lo lleves, cambia, es importante, a mí, llévame a mí, yo sé más, yo sé mucho más que él.

Así, como rápido, sin anuncio, rajado, a escondidas, lo peor, ocultándose, rompiendo lo establecido, lo que juraban irrompible: todos enemigos, rivales, *yo no puedo ser libre sin vos*. Es mía, compadre, corta el hueveo, perdiste, asúmelo, unos ganamos y la mayoría pierde, acéptalo, mira no más cómo me mira, me quiere, se nota, está que revienta, me lo pide a gritos, solo un poco, un poco más, hagas lo que hagas nunca vas a saber y ése es mi triunfo, lo que nunca me vai a perdonar, amigo.

El recital termina, el Tiví ya no entiende nada y todos corren hacia las salidas, suben escaleras oxidadas, se tropiezan entre ellos, salen como pueden. Los Goonies no se mueven, están atentos, alerta, esperando cualquier indicio, un guiño de ojo, cuál de los cinco o capaz que los cinco a la vez.

Aparecen los Durán hechos sopa, en otra, no pueden estar más reventados. Hay que virarse, rápido, que los tiras ya se enteraron, dicen que van a lanzar lacrimógeno por los alcantarillados para ahogarnos a todos.

La Marushka inicia la huida. Vamos, dice, que esta huevá se va a poner peluda. Avanzan: los Durán, una mina medio punk, medias rosadas y botas negras, abrazada al Jaguar, la Sara con sus ojos verdes todos rojos, el Gato riéndose como imbécil. Los Goonies atrás, pegados a la pared como afiches. La Maru se aleja, menea el culo, pa' ti, pa' mí, pa' ti, pa mí. El Conejo la abraza, la detiene, se la atraca con firmeza.

La calle tiene aire fresco a pesar de todo. Ya no

está tan oscura, llena de micros iluminadas, de colectivos vacíos que dan vueltas y vueltas. Avanzan por los adoquines hasta que encuentran el montón de cajas vacías y debajo el Van, sano y salvo. Casi todos los Durán se suben. Tocan la bocina, encienden la radio: Luca Prodán, Sumo. Apoyados en un kiosko, el Conejo atina con la Marushka.

Es un callejón chico, sin nadie, solo un viejo salón de pool que brilla verde al final de la otra cuadra. La bocina sigue sonando, la música se mantiene igual. La Marushka tiene sus piernas alrededor del Conejo, la malla abajo. Él poco entiende, se nota, pero la goza igual; la lame entera mientras la puntea como buen conejo que es. Ella le mete la mano bajo sus jeans y lo aprieta.

Los cinco Goonies se acercan para ver mejor. Cuartear. Encienden cigarrillos. Callados. El Conejo acaba, se queda quieto, con sueño. Ella sigue jadeando para sí sola. Se apartan, se sube el cierre, los mira y les guiña un ojo. Él les sonríe con sus dientes de conejo.

La Marushka se sube la malla, pero le cuesta.

Un foco le ilumina sus oscuros y mordisqueados pezones.

El Conejo se sube al Van por la ventana, a lo *Dukes de Hazzard*. Ella se les acerca, les da un pato sin brillo de damasco a cada uno, le agarra el paquete al Pipe. Cuando sean más grandes, les dice. Cuando crezcan. Se sube y parten.

Los Goonies caminan lento, aburridos, hasta llegar a la avenida. Supongo que aún somos amigos, opina el Polo. Seguro, responden. El Drago los mira y se ríe. Se queda pensando. Dan unos pasos lentos hasta llegar a la esquina. Una micro se acerca. El Pipe la hace parar.

(1989)

Pelando a Rocío

Es que tú no me vai a creer, huevona, te juro por Dios, si apenas lo creo yo, así que imagínate. No hay caso, no puedo entenderlo, cómo hay gente que puede cambiar tanto, ¿cachái?... Si mi vieja tiene razón: cuando la gente nace loca, nace loca. Cuestión genética. Pero lo que yo no cacho es cómo alguien que nace decente, de buena familia, tú sabís, como nosotras, mejor incluso, puede volverse tan... no sé, tú cachai, cómo esta comadre de la que te estaba diciendo, está amiga mía, pudo cambiar tanto, ciento cincuenta por ciento, una cosa impresionante que no se explica, como lo que te dije el otro día, pero tú no sabís nada, no alcancé a contarte, con lo del sábado lo supe todo y hasta me puse a averiguar si todo era verdad, revisé los diarios, te juro, a la hora del almuerzo, lo leí cagada de miedo, pero déjame seguir...

...Bueno ya, pidamos otros dos, pero no tan secos, capaz que nos curemos, mira que con esto de recortar diarios no he almorzado nada, he estado súper preocupada, te digo. Incluso don Edmundo me preguntó si tenía algo, me sentí más mal, última, imagínate, averigua algo, puede pasar cualquier cosa, quedaría como chaleco de mono y... oye, no es por pelar, galla, pero fíjate esas comadres que recién entraron, seguro son putas, yo no sé cómo las dejan entrar, ese tipo de minas les baja el nivel. Observa a la del buzo de cuerina, se parece a la Nelly, la de contabilidad, ¿no encontrái?, chula de mierda. Para mí que se tira a este gallo nuevo, de finanzas, que antes estaba en la sucursal de Coquimbo. Pero mira a ésta, fíjate en las uñas: azules. Lo peor. Típico de minoca de villa rasca. Después las huevonas se creen la raja por andar metidas acá arriba, cuafas de mierda, lo único a que vienen es a buscar ejecutivos lateados. Me sacan de quicio, arribistas calentadoras de huevas. Yo no entiendo cómo la Rocío se metía con gallada como ésta, incluso más última porque por lo menos estas chulas se arreglan y no cachan nada de nada, solo leen la *Vanidades*, esa onda, en cambio estos tipos andaban con ponchos y huevás chilotas con olor a oveja y a vino caliente, recitando manifiestos todo el día, leyendo libros rusos, de ésos que se desarman, enfermos de densos y puntudos. Realmente me repelen...

...¿A ver?, ¿qué hora es? Descueve, después tomamos un taxi, yo pago, pero déjame contarte, huevona, que si no, reviento. Este tipo de cosas no suceden siempre. Además, a ti te encantan los cahuines, soi la reina del pelambre en la oficina, no te vengái a hacer la desinteresada ahora, yo te cacho, no podís ser tan mala amiga, no podís ser tan maricona...

Veamos... Pásame otro pucho. Se suponía que lo iba a dejar pero nunca, pelar sin fumarse un cigarrito es como imposible, ¿no creís?, como que nada que ver... Bueno, la cuestión, galla, es que el sábado me llamó una amiga, la Marisol Lagos, tú no la conocís, me hice amiga de ella en un Pre, en el Ceaci, pero igual no me dio el puntaje, total, media huevá, gano el doble que todas esas huevonas de mis compañeras de curso que entraron a la universidad, se sacaron cresta y media y ahora están muertas de hambre, andando en micro, haciendo el ridículo más grande... Bueno, hay para todo, ¿no?, digo yo, cada uno cava su propia tumba... Bueno, déjame contarte de esta galla, la Marisol Lagos, más loca que una cabra. Tampoco entró a la universidad, así que se dedicó al arte, a puro huevear, a pintar poleras y diseñar abrigos y cuestiones así, moda, que vende cualquier cantidad. Después se metió a teatro de puro loca, pantomima, esa onda. Ahora trabaja en una galería en Bellavista, lo pasa la raja, de miedo, conoce a todo el mundo, la cachá de gente conocida, famosa. Incluso la Raquel Argandoña es amiga suya, siempre le va a comprar. A quién no conoce esta galla, ubica a la gente más extraña de este país, que es más de la que te imaginái. La Marisol lo pasa regio, ni trabaja, puros cócteles, exposiciones, premières, festivales, qué sé yo. La cuestión es que me llamó esta galla para invitarme a una cita a ciegas, a un carrete new wave, una huevá de pintores, una especie de inauguración de cuadros con fiesta y música, de un grupo más raro que la chucha, como de la onda argentina, supongo, para bailar. Yo le dije que sí, tú sabís, para que después me llame este huevón del Hernán y nos descueremos por teléfono, no valía la pena. Así que me traté de vestir lo más loca posible, onda punk, taquilla, cualquier cosa para no parecer fuera de foco, un look como lo que vende la Paula Zobeck. Le pedí a mi hermano chico, que se jura Soda Stereo, su gel. El pendejo me lo vendió, pero igual se lo saqué gratis y me hice un peinado para cagarse de la risa, como espinudo, aunque con el calor que hacía se me deshizo y llegué a la casa con pinta de batacla-na barata. Lamentable, pero bueno...

La Marisol es más loca que un tiro, mucha ca-reta y esa onda para caer bien. Saludó a todo Chi-le y a varios huevones de la tele. Coqueteó firme con ene tipos y eso que se está afilando a otro hue-vón, un productor musical el descueve, súper rico el compadre, como mezcla de intelectual y boxea-dor, con una cola de caballo atrás. El tipo que se suponía era para mí, era más que extraño, te juro que te cagái en tres tiempos. Onda marciano, ma-raco, drogadicto, yo no caché. No era feo, pero te-nía todo el maquillaje corrido y empezó a jalar co-ca ahí mismo, sacó una cucharita y me convidó. Súper exótico el compadre, ¿no encontrái?, pero como que me urgí la muy huevona, no tengo idea por qué, total, todo el mundo jala, cosa de ir al Oliver, pero bueno, qué querís, así soy yo, conser-vadora. El gallo éste, olvídate cómo se vestía, una jardinera naranja sin nada debajo, te juro, se aga-chaba y se le veían todas las huevas, pero le daba lo mismo porque dicen que todos estos artistas van a una playa nudista y se meten todos con todos, hombres con hombres, mujeres con mujeres, da lo mismo y pintan las rocas con comics y tonteras. El huevón ni me pescó, partió a juntarse con un uruguayo que bailaba hecho una loca y «querido» pacá y pallá y yo al medio, sintiéndome como el forro, parando el dedo, así que atiné, di una vuelta por el galpón, y me dediqué a mirar las pinturas, paredes enteras rayadas, cuestiones como de cabro chico, no entendí ni pico, unos mamarrachos súper raros. Decidí, entonces, a cachar la onda que se estaba tejiendo: la decadencia misma. Ni en Nueva York. Estaba esta tipa nueva, la que hace de mala en la teleserie, reventada hasta decir basta. Chata, tirada en el suelo. Se veía última de carreteada. Y todo el mundo en el mismo volón: piteando, tomando, unos punks medio rascas quebraban botellas, otros se empujaban y se pegaban, cualquier onda, como de película, galla. Por suerte empezó el show y salieron unos huevones rajas de cocidos —o inyectados, no sé—, unos pendejos esqueléticos, rapados, todos sucios, llamados Los Pinochet Boys, que le escupían al público. Todos pedían más. Después del grupito éste, que ni se sabían las letras de las canciones, apareció este otro grupo: Degeneración Espontánea. Ahí no más. Pero cuando voy cachando que el que toca el bajo, así medio escondido, con una camisa llena de figuras, de ésas que venden en Fiorucci, ¿las ubicái?, es un huevón que conozco. ¿Adivina quién?

Me trae dos traguitos más, porfa... un millón, gracias... Como te decía, resulta que el compadre éste, con el pelo corto como milico a un lado, crespo y largo al otro, es —o era— el marido de la Rocío Patiño, esta superamiga mía del colegio, esta

49

huevona de la que yo te he hablado. Así que de ahí que te podís andar imaginando la impresión, galla; estaba más cachuda que la cresta por saber qué hacía este huevón, Ismael se llama, en una parada como ésa y con ese corte de pelo. Ahora, para qué te cuento cuando el compadre se largó a hablar... Si eso de que la vida te da sorpresas, sorpresas te da la vida, es verdad. Te juro. No puede ser más cierto, cosa de fijarse en la Rocío Patiño no más.

Pero déjame empezar de cero... No puedo ser tan maricona, si esto es súper serio, trágico, te juro. No me hagái reír. Después vas a ver que tengo razón... No voy a demorar demasiado, tres o cuatro puchitos más... Si aún es temprano, falta ene para el toque. Además, igual no tenís mucho que hacer, así que qué te importa. Déjame seguir: bueno, como ya sabís, con la Rocío éramos amigas, pero amigas desde el colegio, poto-y-calzón, amigas de toda la vida. Si hasta nuestros padres se conocían desde siempre, hasta del club porque la Rocío —mira la bruta con suerte— vivía en una casa que no te la creerías, fabulosa es poco, como para *Vivienda y Decoración*, una cuadra entera en Los Dominicos.

En esa época, te hablo del 78 ó 79 ponte tú, como en primero cuando ya éramos amigas porque, ¿a ver?, yo entré en sexto, y después en séptimo, sí, claro, ya en primero medio íntimas qué rato, inseparables. Me acuerdo que en ese tiempo había toque, bueno, igual que ahora no más, una lata, mucho peor, pero igual nos arreglábamos para pasarlo bien, salir con chiquillos —encuentro tan cuma esa palabra—, con gallos, carretear, vida nocturna. Típico íbamos al cine, a patinar al Shopping, ¿dime que nunca fuiste?, ¿te acordái? Era la papa, iba todo el mundo; no como ahora, súper pasado de moda, una lata. Todavía no pololeábamos y nadie manejaba aún —creo que ella nunca aprendió; bien huevona, teniendo tantos autos, digo yo—, así que dependíamos de los viejos para que nos fueran a buscar. No nos dejaban andar con tipos en taxis. Menos en micro. Súper cartuchos, tan huevones los viejos, que no lleguen tarde, tempranito en la casa, mijita, cuando no saben acaso que los hoteles abren de día y que si una quiere echarse una cacha —dime que no, galla— puede ser a las tres de la tarde, cagada de la risa, sin ningún problema. Además, tanto cuidado, tan urgidos, si al final el tiro les salió por la culata... Siempre preocupados de las amistades, de qué nivel eran, si eran GCU, de colegios privados. A todo control. Pobre que saliéramos con algún hijo de un empleado público. Éramos más fijadas. Así nos criaron, los tipos debían ser del Verbo Divino para arriba. Mi hermano, pobre jetón, en cambio, por hacerse el rebelde, terminó casándose apurado con esa chula de la Valeria —se casaron de ocho meses, cara de raja— y allá lo tenís viviendo en no sé qué mierda de paradero de Santa Rosa. Claro que esto fue hace diez años, porque la Rocío, con lo clasista que era, ni saludaba a la Valeria. La miraba en menos. Después, puchas la sorpresita que nos vino a dar.

La Rocío en esa época viajaba a cada rato, onda todos los veranos. Su viejo era dueño de una empresa importadora y traía tragos, chocolates,

51

equipos de música. Tenían cualquier plata. Bueno, en esa época todos teníamos. Así que siempre traía cualquier cantidad de cosas de Estados Unidos, cuestiones que aún no llegaban a Chile, revistas, cuadernos con la Farrah Fawcett en la portada, cigarrillos. Era el tiempo de la Donna Summer y los Bee Gees, se compraba todos los álbumes de moda, *Gracias a Dios que es viernes*, *Grease*, y ropa súper taquillera para ir a bailar onda disco. Como ella tenía ene ropa, me prestaba y salíamos a bailar. Nos veíamos el descueve, dejábamos la tendalada...

¿Querís otro? Yo pago. Sí, en realidad, esperemos un rato más, yo también estoy media curada..., increíble..., bueno, como te decía, la papa era la Disco Hollywood. Quedaba en Irarrázaval, si sé, no es culpa mía. Por eso fuimos solo dos veces. Después la Rocío se puso a pololear y Juan Luis encontraba de rotos la onda disco, como de portorriqueños, de latinos. No dejaba de tener razón, te digo, porque la verdad es que se chacreó, se llenó de chulos con brillos, el huachaca look, así que decidimos refinarnos y filo con la Hollywood y nos saltamos el furor de la salsa que, por suerte, duró repoco.

Sabís que me acuerdo de una vez, hablando con la Rocío —creo que estábamos en el Giratorio, tomando unos tragos como ahora, lateadas—, y ella me dijo que resentía no haber sido más loca, más reventada, porque por mucho que una se pueda arrepentir después —si es que una se arrepiente—, igual eso no se quita, ¿me entendís?, onda «lo comido y lo bailado», porque para qué vamos a andar con huevás, entre pasarlo bien y pasarlo mal, mucho mejor bien, ¿no encontrái? Claro que eso fue antes de Juan Luis, meses antes. No sé, de repente creo que por eso hizo todo, para probarlo todo, ver qué pasaba y después ver, rebelarse por la mala suerte que tuvo, no sé, quizás se agarró muy fuerte nomás, se autoconvenció. A lo mejor... como que nada que ver que te cuente todo esto, no sé, como que no puedo dejar de hablar, de recordar... no puedo ser tan peladora, galla, tan re-concha-de-mi-madre, o sea, mal que mal, somos —fuimos— amigas, súper amigas, yuntas y todo, tú sabís, pero las cuestiones cambian, se ponen distintas...

Necesito otro más, ¿qué te parecen unos gin-tonics? Además hace un calor asqueroso. Ahí viene el compadre... Sí, dos gin-tonics y unas cositas para picar, ¿tenís maní o nueces?

Perfecto. Gracias... Me perdí... ¡Ah, ya...! Lo que pasa es que del grupo de mujeres del curso éramos las más fomes, te juro, si yo era más tranquila que una foto, aunque te parezca increíble. No éramos gansas sino más bien, cómo te digo, no sé, «sanas», tranquiléin, ¿tú cachái?, como la Marcela Gutiérrez, de finanzas, así, de esa onda, pero menos gordas. Atracábamos súper poco y eso que no nos faltaban oportunidades. En realidad, la que atracaba era yo —todavía no se me quita el hábito, huevona—, ella solo tuvo una caída con el Javier Hamilton en un retiro en Punta de Tralca, pero después volvieron al colegio y nada. Una pena porque era bien bueno el Hamilton, onda rebelde, pasaba todo el invierno esquiando. No iba nunca a clases, se juntaba con gallos del Marshall. Me acuerdo que se amarraba un pañuelo rojo en el pelo, a lo indio. Se veía el descueve. Además tenía un toque intelectual, lo que lo hacía aun más atractivo. Siempre se leía los best sellers de moda y me subrayaba las partes calientes para que así yo no tuviera que mamarme todo el libro. A mí, te digo, me trastornaba. Como que nadie podía agarrarlo, así que me dio un ataque al pelo cuando la Rocío se metió con él. No le hablé durante una semana. Estaba más choreada que la mierda; no podía creerlo.

Aparte de ese atraque con el Javier Hamilton, que a todo esto vive en Brasil, se apestó de Chile, de lo chico que es y se fue para allá y se dedica a dar clases de windsurf en un club Mediterranée. Me lo contó una amiga que estuvo ahí para su luna de miel. Incluso hace de gigoló con las gringas que le pagan cualquier plata para que se las tire. Yo también pagaría, te digo. Me encantaría verlo de nuevo. Ahora me acostaría con él, ni tonta. Siempre quise, pero nunca me atreví. Claro que el huevón nunca me lo pidió...

Aparte de este mino, entonces, pololeó primero con el Hugo Vaccaro, éste que se está por casar con la Virginia Artaza, la que salía en ese réclame de zapatos. Si sé, es última, no sé cómo la contrataron. Las feas siempre tienen más suerte. Con el Vaccaro pololeó en primer año, como tres meses, nada serio. Además, cómo tener algo serio con ese tipo, tan blanco, parecía tuberculoso, no sé, me daba asco. Me carga la gente tan blanca. Se me imagina que nunca veranean. Después de esta cosa anduvo tranquila. Solo ese atraque en las dunas con el huevón del Javier Hamilton. Hasta que el Juan Luis llegó a su *life*.

Me acuerdo que eso me cagó la siquis. Me la cagó harto, especialmente cuando caché que eso iba en serio y que yo tendría que quedarme sola no más, tocando el violín, sin tener a nadie serio. Tú que eres sola, galla, me entendís. Rápidamente capté la movida y me di cuenta que el Juan Luis era su hombre y que eran tal para cual. Si el tipo se juraba perfecto, el hijo que toda madre desea: todo compuesto, chalecos abotonados, viajes a Europa, fundo, estudiante de Derecho, beato, de la onda de comulgar en la misa de doce. El Juan Luis, si tú quieres, me la arrebató. Me quitó a mi mejor amiga. Nunca tanto pero algo así. O sea, igual nos seguimos viendo esos dos años que aún quedaban de colegio; pero nunca de la misma forma.

Fue bien penca. Yo estaba más que choreada, quedándome los sábados en la casa viendo *Noche de Gigantes*, esa parada, imagínate, no quería saber nada de nada. O sea, lo que se llama estar parqueada. Atroz. Así que decidí salir un par de veces con un amigo de Juan Luis, que también era polero, para airearme un poco y cachar la onda de la Rocío. El compadre que me tocó —si las citas a ciegas son lo peor, deberían prohibirlas— era una bosta. Para variar. Todo apretado como sacando pecho, entrando la guata, mostrando el poto y el paquete. No, si te digo, cada huevada que me ha tocado. Y para más remate era colorín, le transpiraban las manos, ¿sabís lo que es eso?, me pescaba la mano en el cine, ponte tú, y parecían gualetas mojadas, no sé, unas cosas frías, como pescados. Para buitrear. Por suerte no atraqué con él. Se llamaba Iván. Claro, Iván Chadwick, pariente de estos gallos gobiernistas, súper de derecha. Mi viejo estaba chocho. Una vez salimos los cuatro al cine, vimos *Gente como uno*, me acuerdo, título más que adecuado, y después pasamos al Otto Schop y el Juan Luis con el Iván se largaron a hablar de política, que los milicos y la oposición, dale que dale, como cuatro horas, no sé para qué hablaban tanto si los dos tenían las mismas ideas y no había que convencer a nadie, pero tú sabes cómo son estos gallos de derecha, de alguna manera tienen que sacar sus represiones para afuera, y comenzaron a tirarles mierda a la decé y a los comunistas, qué sé yo, no cachaba ni una, estaba más lateada. Lo que más me sorprendió fue que la Rocío se metió en la conversa y se lanzó contra Frei como si hubiera sido profesor suyo y chuchadas contra la UP y hablaron ene de la nueva Constitución y del plebiscito ése, ¿te acordái?, yo ni voté, no tenía edad. Igual hubiera votado ¿que si yo cacho?, no tengo nada contra el gobierno, en realidad no lo pesco pero, a decir verdad, a mí Pinocho no me ha hecho nada, así que nada que ver que yo vote contra él o me ponga a alegar como los huevones de contabilidad que son unos rotos resentidos sociales. Lo que me sorprendió en todo caso era que la Rocío hablaba del Pinochet como si fuera ya lo máximo, onda Pinochet o nada, que si no hubiera sido por el golpe estaríamos todos plantando arroz por

Colchagua y usando ojotas, que el país se salvó así por tan poco, que seríamos peor que Cuba, que el 11 de septiembre iban a matar a todos los momios, que eso estaba comprobado. Escuchándola hablar como hablaba, caché que ya no era de mi onda, que se había pasado al bando intelectual y que el Juan Luis se la había engrupido bien engrupida y ya no había nada que hacer.

Y así pasaron esos dos años, todo el día juntas en el colegio, estudiando para las pruebas, metidas en los mismos grupos de biología o castellano, pero después de la hora de once todo era Juan Luis, que a todo esto era como un genio porque apenas tenía un año más que nosotras pero ya estaba en tercer año de derecho cuando la Rocío entró a la universidad. A la Universidad de Chile para su desgracia y la de sus viejos, porque justo ese año hubo demasiados buenos puntajes y eso que ella tenía uno súper bueno, mucho más que 700, pero no hubo caso. O la Chile o nada. Se matriculó en la Chile. No le quedaba otra.

La graduación, que no fue tan mala como dicen, la hicimos en el Sheraton y todo. Yo fui con un gallo bien estupendo, holandés, hijo del agregado cultural de la embajada, amigo de mi viejo, así que todas me miraban cagadas de envidia. Además, andaba con un vestido la raja, súper rebajado. Me veía estupenda.

Después de la fiesta, que duró toda la noche, partimos a la playa. En caravana hasta llegar a Santo Domingo, a la casa de una compañera de curso. Yo con este gallo Horst nos metimos al mar en

calzoncillos —yo en sostén, obvio— y eso escanda-
lizó a todos. A mí eso me calentó más que la cresta,
y como andaba con ene trago, la Rocío me retó. Me
dijo que las estaba cagando, que por favor me ubi-
cara, que Juan Luis estaba furia, y eso me empute-
ció. Desubicada de mierda. Todo porque el imbécil
de Juan Luis no la tocaba, era más virgen que la
chucha, pura paja, seguro. Armó medio escándalo y
la manga de huevones se acercaron a ver qué pasaba. Yo, verde, te digo. Si nada que ver tanto hueveo,
si uno se gradúa una sola vez, media cuestión que
me bañe en calzones. Además, puchas, éramos amigas, ella me cachaba, si antes cada locura era feste-
jada, nos cagábamos de la risa por todo, ¿cachái?
Imagínate que a ella le vino su primer período en
mi casa. A ese nivel de intimidad, puh galla. Yo la
consolé y le expliqué todo porque a la cartucha de
su vieja le daba vergüenza ese tipo de cosas y nunca le dijo nada. Yo supe de su primer beso y ella
igual, onda que nos prometimos una hermandad
eterna: fue un domingo, a mí ya me había llegado la
regla, así que estábamos chochas de ser mujeres por
fin, y como mis viejos andaban en el campo saqué
champaña de la bodega y celebramos y bailamos en
sostenes y después nos empelotamos para mirarnos
al espejo, nos pintamos como putas y hacíamos po-
ses frente al espejo, a lo *Playboy* y nos tomábamos
polaroids que después quemábamos y de puro re-
ventadas agarrábamos las almohadas y nos imaginá-
bamos que eran compañeros de curso...

...Fue súper loco... ninguna de las dos éramos
calientes ni nada por el estilo, trece años, galla, y

después nunca tanto, pero ese día —puta que ha pasado el tiempo— decidimos que nuestra niñez ya estaba finalizada, que las Barbies y los Ken eran cosa del pasado, así que decidimos juntar todas las muñecas que teníamos, toda esa ropa en miniatura, y regalársela a una prima de la Rocío. Nos había llegado la hora en que una se pone a llorar por los gallos, hace diarios de vida, corazones en los cuadernos, llama por teléfono y cuelga. A mí ya me gustaban como tres compañeros de curso y como ocho de los de Tercero Medio, huevones de diecisiete que una juraba eran los tipos más maduros del mundo. Éramos más tontas, más gansas. Coleccionábamos recortes de revistas, posters de la revista *19*, fotos de los Bee Gees, del Peter Frampton, del de barba de Abba, qué sé yo, Shawn Cassidy, ese tipo de gallos. Esa noche de la curadera nos juramos ser amigas para siempre, no criticarnos, por eso ese día en Santo Domingo, yo toda mojada y la Rocío histérica, cambiada, con ataque de moral, hecha una furia porque me bañaba en calzones frente a todos, con un extranjero todavía que apenas conocía, qué iba a pensar de las chilenas, que éramos unas putas igual a las europeas, ella conocía Holanda y la juventud era un asco, toda drogada y punk, galla, y eso me sacó de quicio, me pareció una falta de respeto y la mandé a la misma chucha, le dije que estaba enferma, que el Juan Luis le había lavado el cerebro, que lo que a ella le hacía falta era una buena cacha y listo. La Rocío se dio media vuelta, me dijo: «Dios sabrá qué futuro te espera; me das pena», y yo partí de vuelta a la playa, pesqué al Horst, me lo atraqué en la arena como una ninfómana, urgida a cagar, nos fumamos unos buenos huiros y nos metimos a la casa, nos encerramos en una pieza y me culeó. Fue mi primera encamada y no sé si me gustó, solo quería ver si yo era capaz, pero lo único que hice mientras el huevón estaba arriba mío sudando como un animal fue pensar en la Rocío, que ojalá hubiera estado ahí mirando y que el Juan Luis fuera el huevón que estuviera metiéndolo y sacándolo.

Por qué no me pasái otro pucho, porfa.... como que lo necesito... Pídete dos gins más, total yo pago. No puedo cortar el cuento ahora, tengo que seguir contándote. Déjame seguir.

Bueno, después de eso como que se levantó una muralla, no nos llamábamos por teléfono, aunque cada una se moría por hablar, esperando al lado de él, viendo si sonaba. Y cuando llamaba hacía que la empleada contestara y tomara el recado. Le devolví la llamada varios días después. A todo esto, el Horst estaba más caliente conmigo y a mí francamente me apestaba. Me hacía recordar todo lo que pasó. Igual pasé un Año Nuevo con él, metida en la Gente, que recién se había inaugurado. No sé por qué tenía la tincada que me iba a encontrar con la Rocío y su tropa de amistades nuevas. Después de la primera encamada, solo lo hice una vez más con el Horst, en un motel con una feroz tina, bien de puta por Vicuña Mackenna abajo, pero fue bien como las huevas. No sentí nada. Nunca lo volví a ver. Por suerte.

La Rocío finalmente me llamó —creo que

obligada por su mamá, que es súper gente, amiga de mis viejos y de mi tío, que siempre compraba cosas de Hong Kong en la oficina de los Patiño— para convidarme a veranear unos días a la casa que habían arrendado en Cachagua. No sé por qué, pero fui. Fue el fin del fin. Todo muy diplomático, ¿cachái?, pero cero comunicación. Nada. Primero, estaba con su lindo. Piezas separadas, *of course*. Juan Luis me odiaba. Eso estaba más que claro. Segundo, nadie me pescaba. Toda su gente y sus amistades me hacían el vacío, apenas me saludaban. Todos se creían franceses veraneando en Mónaco, millonarios a cagar los culeados. Así que te podís imaginar esas dos semanas. Sola, en la playa, al lado de esta parejita que ni se miraban mucho para no correr peligro. Leí como loca ese verano. No había más que hacer. Si ni hay discothèque en esa playa: caminar, andar a caballo, jugar naipes. Horror. Leí ene, incluso cosas densas como Lafourcade o el Pablo Huneeus. Habían salido los puntajes de la Prueba de Aptitud y a mí, para más remate, me había ido como el forro, último, y la Rocío medio ni que puntaje y hablaba por los poros que iba a estudiar sicología, a tener su consulta privada, que le gustaría tener como pacientes a científicos y hombres de negocios que están sometidos a mucha presión. Yo mutis. Todos juraban que yo era una imbécil. Media huevá. Me da lo mismo lo que piensen de mí. Total, yo siempre pienso algo peor sobre ellos.

Por fin pude regresar a Santiago —metí la chiva de que estaba con fiebre y tenía que buscar un lugar para estudiar alguna carrera «no profesional»— y, te digo, nunca esta ciudad apestosa me pareció tan fabulosa y eso que hacía cualquier calor y las calles estaban vacías.

Así pasó el tiempo, yo entré al Manpower y ella —aquí comienza lo bueno—, por una jugada del destino, de pura mala suerte —o buena, nunca se podrá saber—, queda en sicología, pero en la Chile. Horror en la familia, Juan Luis mudo, nadie quería aceptarlo. Lo importante, como le dijo su tía a mi vieja, era que no se pervirtiera, que eligiera a sus amistades con pinzas.

La vi después para su cumpleaños, en su casa, fui con un naval que conocí un fin de semana en Viña y poco menos que el Juan Luis se enamoró de él porque hablaron toda la noche de seguridad, de armamentos, sobre la guerra de las Malvinas que estaba de moda, si era verdad que Chile ayudó a Inglaterra. La reunión estuvo como fome, los típicos amigos de Juan Luis, como tres amigas de sicología: una galla argentina, una tipa bien pecosa y una rubia súper tímida que me dijo que su escuela estaba plagada de comunistas y que lo único que hacían eran redactar cartas y denuncias, que no estudiaban nada y después los muy frescos les pedían sus cuadernos para fotocopiarlos. Al final terminaban sacando mejor nota que estas minas mateas. La rubia me contó que nadie quería al grupo de la Rocío y las otras gallas bien, que las miraban en menos, las tildaban de «fachas Shopping Group» y se reían de sus prejuicios burgueses. La más odiada era la Rocío que ni los saludaba y que se negaba a ir a los paseos a Cartagena, a los malones que duraban toda la noche y a esas peñas horrorosas con vino caliente y canciones de sangre y fusil. Incluso me contó que la Rocío tenía serios problemas con la comandante del curso, una tal Lía, que usaba una trenza a lo guerrillera y tenía como treinta años, antigua exiliada en Suecia que se metió a la mala a Chile y que dominaba toda la Facultad de Filosofía. El problema fue que la Rocío organizó un grupo de gente para que no votaran por ella y se metieran a la FECECH, que era como la FEUC, pero peor, ya que la izquierda decía que eran puros fachos pagados por el gobierno para sapear, lo que era falso, pero igual quedó marcada. La rubia ésta, que se llamaba Daisy y que era igual a la Inés Freire de compras, estaba enferma con la universidad y encontraba súper injusto que por ser pinochetistas las trataran de fascistas, que una cosa no implicaba la otra.

Yo ese año me junté con el grupito de la Claudia Bascuñán que ahora está en el BHIF, secretaria de relaciones públicas; se acuesta con su jefe, lo pasa regio. Ese año, además, conocí a Tomás en unas clases nocturnas de inglés en el Norteamericano, así que mientras pololeaba con él —estaba súper enamorada, bueno, eso creía, él estaba mucho más interesado en su financiera— ni me preocupé de la Rocío. La vi solo un par de veces. Una vez nos topamos en una première, se juntaba plata para el Cema o algo así, nos encontramos y me acuerdo que la Rocío me dijo en el baño: «Te felicito, bien estupendo tu Tomás».

Mi mamá fue la que me contó lo de la repetición de la Rocío. La madre de ella se lo dijo y le confesó que lo lamentaba harto porque la Rocío se había esforzado muchísimo, pero que el ramo era colador y como su promedio no era bueno, se puso súper nerviosa en el examen y cagó. Pero lo que la tenía emputecida era que un profesor de un ramo chico, optativo, la había hecho repetir por el solo hecho de ser de derecha, que era un amargado de oposición que de puro milagro estaba haciendo clases cuando lo que correspondía era que estuviera exiliado como el resto de los upelientos.

Por si eso fuera poco, el acabóse era que no solo debía repetir, sino que no podía pasar a segundo año hasta no tener aprobados esos famosos ramos. O sea, galla, iba a estar todo el próximo año parando el dedo con esos dos cursos. Y ahí cayó la bomba: la mamá de la Rocío le confidenció a la mía que la Pascua la tenía enferma de los nervios porque, aparte de lo de la Rocío, el cabro chico estaba con hepatitis y no tenían un peso. La empresa iba de mal en peor, el boom se estaba acabando y con lo de la subida del dólar sus deudas aumentaban al doble, ya no había plata, nadie compraba cosas importadas, no había derecho, prometieron que se mantendría fijo para incentivar la economía, el nuevo local de Providencia les había costado una fortuna, y quién sabe qué iba a pasar.

A la vuelta de Tongoy, donde terminé con Tomás, mi mamá me puso al día: la Magdalena Aldunate la había invitado a tomar once y hasta se le puso a llorar. Emilio, el papá de la Rocío, se había arrancado del país, se cerraba el negocio, se declaraba en quiebra e iban a rematar todos los equipos estéreos que tenían acachados.

La huevá económica se fue agrandando hasta que les quitaron la casa —que estaba a nombre del viejo—, así que se tuvieron que ir a las casas de los hermanos de la tía, repartirse como gitanos. Yo no vi a la Rocío, solo supe que lo había tomado con ene madurez, ayudando a su vieja con el negocio de ropa de guagua que iniciaron en la casa de su tía Delita. También supe que la Rocío fue a hablar con la asistente social y que le dieron almuerzo gratis, le conseguían crédito fiscal para el próximo año, qué sé yo.

Un tiempo después me llamó la Virginia Adriasola, que también fue compañera de curso de la Rocío. Me dijo que la había visto con un tipo barbudo, de chaqueta de cotelé, atracando en el cine Normandie mientras veían una película europea súper rara de una pareja que lo único que hace es hablar y deprimirse. La Virginia es medio intelectual pero ni tanto, nunca para andar con un gallo solo por su interior, pero estudia teatro y taquillea por Bellavista y esos lugares raros y sigue tan peladora como en el colegio. La cuestión es que la Rocío salió del cine con un feroz grupo entre lana e izquierdista, típica onda humanista, y partieron a El Castillo, un bar ultra bohemio y artesa que queda en Plaza Italia, lleno de putas y marihuaneros, de esos poetas que te tratan de vender sus versos impresos a cambio de un café. No podía creerlo. Se lo conté a mi vieja, y ésta, con su sutileza acostumbrada, llamó a la mamá de la Rocío haciéndose que la llamaba para saludarla y como que la tía se pasó de chivera que estaban mejor, que el tío vivía en Buenos Aires, le estaba yendo superbién, que los piluchos se vendían ene en Estados Unidos, exportaban y que Rocío estaba regio, cada día más hacendosa, tenía regias notas en esos dos ramos tontos, además estudiaba francés, ayudaba en un colegio de niños retardados y leía textos de sicología para ir adelantando.

Yo, por mi parte, caché que había gato encerrado. Me puse a averiguar y llamé a este colizón con que había salido —Iván—, que ahora trabaja con su viejo en la fábrica de la familia, y le saqué que el Juan Luis y la Rocío andaban como las huevas, que a ella le había afectado demasiado la quiebra y el desparramo de la familia, se moría de vergüenza y no quería saber de su pasado, se negaba a frecuentar los círculos sociales.

Yo en esa época entré a la oficina junto con la Tere Román. Claro que ella ahora gana el doble que yo. Anda a saber tú qué hizo para tener ese sueldazo. Mal que mal, es la secretaria del gerente de personal no más. Así que me metí firmeza a la oficina, tú sabís, empecé a andar con este argentino del que te conté. Incluso me fui con él tres semanas a Pichidangui. Me olvidé de todo por ene tiempo, más de un año te diría. Mi vieja me ponía al día con lo de la familia de la Rocío de tanto en tanto, aunque tampoco sabía mucho. Era como si la tierra se la hubiera tragado. Lo único que pudo averiguar era que estaban bien pobres, no muertos de hambre pero lo suficientemente cagados para tener que decirles chao a los restoranes franceses, a Cachagua, a comprarse la ropita en General Holley.

Después no supe nada más. Incluso se me olvidó. Hasta que fui al matrimonio de la Chichi Illanes, una amiga de toda la vida, que se casó regio, con un turco que la adora y que no es tan picante como todos dicen. A la salida de la iglesia me encontré con el Juan Luis, quien andaba con una tipa que nunca había visto. Y de la mano. Lo saludé medio irónica y lo obligué a hacerse a un lado y decirme qué mierda estaba sucediendo. «Mira», me dijo, «la huevá se acabó; la Rocío se transformó en una furia, en una puta, se atracó a todo su curso y se cree artesa, comunista, no tengo idea ni me interesa, la huevá se acabó y punto. Supongo que ahora estarás contenta». Y se fue, sin despedirse. Quedé más cachuda que la cresta.

Como nadie sabía nada, ni querían opinar al respecto, un día me arranqué un poco antes de la colación y partí a la escuela de Sicología en metro. Para qué te digo, estaba cagada de miedo, llena de chivas y excusas para justificar qué hacía ahí. Entré al lugar, que es último, todo rayado, lleno de afiches anunciando recitales, convocatorias a paro, a protestas. Ya se habían desatado los primeros boches, habían matado al general Urzúa, ¿te acordái?, al lado del Tavelli, así que imagínate el ambiente, parecía como en las películas de guerra, lleno de posters con el martillo y la hoz, fotos del Che, banderas de Nicaragua, unos dibujos del Tío Sam degollado. Le pregunté a un portero si había clases.

Me dijo que no, que hasta mañana, solo quedaba poca gente en la biblioteca. Fui a mirar porsiaca, pero no estaba, solo una galla rubia, esta misma galla que una vez había conversado conmigo en el cumpleaños de la Rocío. Me acerqué y le dije que si se acordaba de mí. «Pero claro», me dijo, «tú eres la amiga de la Rocío Patiño». Exacto. Se llamaba Daisy, Daisy Bennett. Me convidó al casino a tomarme un café. Después me invitó una cerveza.

«Así que no sabes nada», me dijo. «Ven, sígueme un poco». Me llevó hasta el diario mural del casino. No podía creerlo; había una foto —un afiche más bien, fotocopiado— de la Rocío con el pelo súper largo y escarmenado con una bufanda tejida al cuello. Lo peor era la leyenda debajo de la foto: BASTA DE DESVARÍOS. NECESITAMOS A ROCÍO. CANDIDATA MDP A VOCAL.

Es que no te lo podís imaginar. Estaba lela, no cachaba ni una. La Rocío candidata para el centro de alumnos y por la izquierda todavía, si tanta chuchada que les tiraba a los de la UP, yo la había visto, si Juan Luis y ella siempre decían que el error de los milicos había sido no matarlos a todos.

Resumo, galla: la Rocío no solo estaba en la campaña electoral sino que ya había estado presa varias veces por hacer barricadas y tirarles piedras a los pacos. Ya no vivía con sus tíos, sino con un grupo de compañeros de la escuela, en una casa destartalada por allá por Independencia, en la calle Maruri. Según la Daisy, ya nunca saludaba, despreciaba a la gente que antes había sido como ella, se veía súper artesa, con chalecos chilotes que se trajo de su mochileo por el sur con un gallo de sicología, dirigente del Mapu. La Rocío, para dárselas de moderna o revolucionaria, se acostó con cada miembro de la Jota que había en la facultad, pero eso no quitaba que pololeara con un tipo súper tranquilo, campesino, socialista o algo así, no militante, más de la onda del Florcita Motuda, no sé bien, que no mataba una mosca pero era seco para los discursos y para citar escritores y ensayistas. Este pololo además era menor —como tres años— y vivía con ella y un montón de gente más en esa casa que siempre estaba helada. La Daisy me contó que lo más insólito de todo era que este cabro Ismael, el pololo, en el fondo era tradicional, más bien moralista como buen político, pero aceptaba que la Rocío anduviera de uno en otro a pesar de estar embarazada de él.

Eso es ponerse al día, ¿no creís? Este tipo, el padre de la guagua, Ismael, es el mismo que vi el otro día, el cantante punk. ¡Cáchate! Explícate ésa. Harto cambio para un chico que vino desde Maullín. *Sign of the times,* tú sabes. Bueno, resulta que pasaron unos ocho meses y a la Rocío, que por muy roja que estuviera seguía siendo una Patiño Aldunate, le bajó su crianza burguesa, la fue a ver su mamá, le llevó piluchos y todo, y se casó con el Ismael. A mí me cuesta creer que haya cambiado, yo no creo todo lo que dicen, imposible cambiar tanto, para mí efectivamente se trata de una maniobra, no sé, no entiendo. No estuve cerca cuando cambió. Todo lo he sabido por otros. Es raro.

Decidí ir a verla cuando nació la guagua. Un niñito. Le puso Víctor, por el cantante ése que dicen que le cortaron las manos antes de matarlo. Llamé a varias compañeras de curso. Le fuimos a llevar regalos para el niñito. La casa era como de campo, toda de adobe, y la Rocío se veía horrible, blanca y pecosa, sucia, como si no se hubiera lavado la cara al despertar. Andaba con una túnica hindú, me acuerdo. Había varios amigos suyos, tipos de la peor calaña, con unas pintas de vagos y drogadictos que no se la podían. Eran como esos gallos que venden pulseras frente al Coppelia. Ese toque. La Rocío estaba sobre su cama —un colchón en el suelo—, con la guagua en sus brazos, dándole de mamar delante de todos. El cabro era súper rico, eso sí, súper vivo, como que se reía y me acuerdo que pensé «de qué se reirá el pobrecito».

Mis amigas estaban verdes de impresión. Un tipo con una barba rala nos ofreció un sorbo de mate pero nos dio asco. Hacía un frío, eso sí, espantoso. El viento se colaba por las ventanas. Tenía ganas de tomar algo caliente pero no me atreví. Lo que sí había era pisco. O grapa. La Rocío fue amable pero distante. Nunca trató de incorporarnos al grupo, lo que por un lado estuvo bien porque se cachaba que nosotras les parecíamos un chiste a todos esos comprometidos. Pronto empezaron a hablar de política, de la dictadura. Nosotras mudas. Me fijé en un feroz póster que había sobre su cabecera, de esta cuestión de los desaparecidos, unas cien caras —ojos— mirándome, unos rostros en blanco y negro enojados, rabiosos, y me dije a mí misma que la Rocío era realmente otra persona, lo opuesto a la que conocí, capaz de dormir, de hacer el amor, de criar a su hijo, bajo esos ojos que la acechan noche y día, que no la dejan tranquila, que le claman justicia y venganza las veinticuatro horas.

Nos despedimos fríamente. Nos agradeció los regalos e Ismael salió a dejarnos a la puerta y me habló bastante, que la Rocío siempre le había conversado sobre mí, que gracias por todo, los regalos les venían como anillo al dedo ya que estaban sin un peso. Este gallo, Ismael, se veía tan tierno e inocente con el niño en sus brazos, parecía como de quince años, parecía más su hermano que su hijo. No podía creer que fuera rojo, que odiara a la burguesía, que viviera en ese refugio de terroristas. Era tan amable, con una sonrisa enferma de sana, ingenua. Le dije que cualquier cosa me llamara y le dejé mi tarjeta. Lo felicité por el niño.

Ésa fue la última vez que vi a la Rocío con vida.

A veces pienso que uno hace las cosas que tiene que hacer en ese momento y le parece bien, que es lo correcto, pero tiempo después uno se da cuenta que las cagó, que jamás debió hacerlo, pero que ya es tarde para echarse para atrás porque ya no hay nada que hacerle, lo pasado, pasado. Pero hiciste lo que tuviste que hacer. Si no lo hubieras hecho, hubierai sido una cobarde, te hubierai traicionado a ti misma y todavía estarías arrepintiéndote. Da lo mismo que eso era una huevá con patas. Como cuando me acosté con el Horst. Una estupidez que tuvo cero trascendencia. Quizás ahora me arrepienta un poco, pero tuve que hacerlo justo ese día a esa hora. No otro. ¿Cachái? De

repente creo que una onda así le sucedió a la Rocío: se metió en un rollo ajeno. Ella creyó que eso
era lo que tenía que hacer para no reventar y así lo
hizo. Por eso, a pesar de todo, la respeto.

˙¿Has leído eso que salió en los diarios?, ¿lo de
la bomba en la Municipalidad de Peñalolén? Ésa
que mató a varias personas, incluyendo a la que la
puso. ¿Te acordái? ¿Adivina? Exacto. Fue ella.

Mira, tengo todos los recortes en la cartera.
Rocío Patiño, 24 años. Ismael me lo contó todo.
Pero él no cree. O sea, yo tampoco; es decir, cree-
mos que es ella la muerta, pero no se ha comprobado. No quedó nada, ni un hueso; solo su carnet.
Lo que es raro, ¿no te parece? Que hasta los huesos estallen y el carnet no. Mira, esto es como bien
confidencial, tú sabís que yo no creo cualquier cosa y sé que está lleno de terroristas, cosa de ver los
apagones, las bombas, pero no sé, de repente tanta cosa que se dice. Esos muertos... ¿realmente
caen en los enfrentamientos? Si no hubiera tanta
violencia quizás no serían tan... no sé, no pasaría
todo esto y la Rocío quizás estaría aquí... No puedo entender, digan lo que digan, la razón de por
qué, por qué la Rocío abandonó la escuela, al Ismael y al Víctor, partió no más. Así, se fue y no le
dijo nada a nadie, dejó al niño con su madre unos
días antes y después no se supo más. Cinco meses
desaparecida. Averiguaron con los pacos, con los
tiras, con la CNI. Nunca dijeron nada. Tú sabes,
nunca dicen nada, solo anotan, se supone que es
secreto de Estado. Ismael, a todo esto, estaba des-
hecho, dejó la universidad, se viró de la política

cuando el partido le dijo que no averiguara tanto. Ahí sospechó algo. No recuerdo mucho, me habló tanto el otro día, se puso a llorar, andaba con ácido, creo. Por suerte su hijo está bien, con la tía Magdalena. Ismael supo ene rumores sobre la Rocío, no sabía qué creer: que estaba fuera de Chile —ojalá, te digo, ojalá—, pero también que la vieron en Valparaíso, en una población arriba de un cerro, que estaba presa en San Miguel, en la calle Dieciocho, que la interrogaron y delató a sus camaradas, que compañeros de la facultad habían sido allanados, secuestrados, que la vieron en un sótano, unas amigas que fueron torturadas la vieron, que estaba en Argentina trabajando para la guerrilla, estuvo con gente del comando de mártires, que se les fue en la picana, que tuvo otro hijo, que tomó cursos de explosivos, que puso la bomba, que la amarraron en el baño, que era una asesina, que la asesinaron, alguien colocó el carnet, que siempre había sido una informante, que unos agentes le pagaban por hacerse la roja, que con esa plata mantenía a su familia, que ahora vive en Brasil con otro nombre y otra cara, trabaja para la embajada de Paraguay, que era del MIR, del Frente, que fue una traidora, una sapa, una mártir, que realmente murió, que murió por la causa, que no murió.

¿Y tú, galla, qué creís?

(1988)

No hay nadie allá afuera

Llevaba ya cinco horas esperando y el avión se negaba a partir. Los parlantes anunciaron que la huelga seguiría en pie toda la noche, que perdonaran, quizás mañana a las ocho, *flight three fifty nine cancelled until further notice*. Mejor era no amargarse. Total, el lío era por una buena causa. El hotel del aeropuerto estaba lleno. Por estar de tránsito no podía partir a la ciudad. Todo estaba en mi contra. Arrendé un locker para mi maletín. Si me quedaba dormido no quería encontrarme con la sorpresa de que algún robachico hubiera hecho de las suyas. Escondí bien la llave y aproveché de comprar el *Newsweek*. Me instalé en una trizada silla de plástico a esperar.

El recinto estaba repleto, atestado de pasajeros que ya habían perdido las esperanzas de llegar adonde pensaban llegar. De los ventanales empañados chorreaban gruesas gotas que luego caían al gastado suelo de fléxit. Ahí se formaban pocitas que los viajeros esparcían con sus zapatos por el terminal, dejándolo todo mojado, jabonoso. El calor reinante parecía un chiste, espeso y hediondo; una mezcla del rancio olor del Canal con el hedor de cansadas axilas sin desodorante. El piso de la sala de espera estaba cubierto de puchos, envoltorios, colillas de pasajes y chicles endurecidos. En todos los rincones había gente: durmiendo, conversando, enfrascados en alegatos, cortándose las uñas, resolviendo crucigramas. Los distintos acentos latinos luchaban por imponerse. Cerca mío una guagua comenzó a berrear. Decidí dar una vuelta.

Tenía la camisa enteramente pegoteada bajo el terno. Me acerqué a un puesto infecto donde vendían jugos. Ahí un negro me ofreció prepararme un Contadora Special; no pude decirle que no. Pescó dos pomelos y una guayaba. Después de pelarlos los puso dentro de una juguera junto con agua mineral, un huevo, hielo y azúcar. La espuma se expandió en el brebaje. Vertió la mezcla en un vaso y me lo tomé.

Había partido de Santiago en la mañana con la energía que debe sentir un fugitivo que escapa del guardián. Ahora toda mi ansiedad estaba en suspensión; el sueño me estaba pesando y me asustaba eso de estar en la mitad del mundo, solo, con otro horario, otro clima. La Cecilia —mi mujer— y mis tres enanos fueron a despedirme a Pudahuel. Felices de verme contento. Ellos partirían tan pronto finalizara el colegio. Por fin me había ganado una beca para estudiar en la NYU. Varios años más tarde de lo que me había presupuestado, por cierto. Pero igual era una gran oportunidad. Mi suegro, además, me consiguió este puesto donde estoy escribiendo: a pasos de Columbus Circle, cerca de Julliard y del Central Park que tanto quiero. Una editorial que traduce escritores latinoamericanos. Podría estar peor, supongo.

Tenía apuro por llegar a Nueva York y me molestó el quedarme parqueado en Panamá. Pero después de haber esperado tanto pensé *Manhattan can wait* y así fue. Decidí jugar en unos tragamonedas instalados en los pasillos del aeropuerto. No gané. Mejor. Era una estafa: uno metía cuartos de dólar y recibía balboas, lempiras y quetzales. No valía la pena.

Lo encontré en el baño. Al principio no lo reconocí. Estaba al fondo, enrollando un pito sobre un lavatorio. Se veía bien el Miguelo, un poco loco y desastrado, pero bien. Mucho más joven que yo, en todo caso. Andaba con el pelo corto a los lados, parado adelante, largo hasta los hombros por atrás. Tenía puestos unos lentes espejos con el marco verde fluorescente, bastante new wave. Parecía un artista que deseaba ser reconocido. Bien quemado estaba el Miguelo, color mate, una barba a medias que le daba un aspecto de «desordenado a propósito». Andaba con una camisa que yo jamás compraría: una guayabera anchísima, llena de estampados, palmeras, minas en bikini, parasoles, gaviotas, rascacielos. En los pies, unos zuecos color té-con-leche.

Terminó de enrollar el huiro, mojando el borde del papelillo con su lengua. Lo guardó y dio media vuelta. Me miró fijo y comenzó a sonreír. A medida que avanzaba hacia mí, más se reía. Se sacó los lentes. Sus ojos estaban verdes pero brillosos, medio extraviados. Me llamó la atención un atractivo aro, una especie de lágrima emplumada que le bailaba desde un lóbulo. Traté de acordarme de cuál era la decisiva, si la izquierda o la derecha, pero no pude. Miguelo ya estaba encima mío, abrazándome, levantándome en el aire, gritando garabatos por todo el baño.

—¿A ver si sabís quién soy?, ¿a ver?, ¿quién?, ¿quién?

Miguelo estaba loquísimo, alterado. Yo trataba de expresar mi alegría, mi sorpresa, pero no pude, solo una sonrisa quieta como huevón; qué bueno verte, descueve tu pinta, la raja encontrarnos, tanto tiempo, huevón, la media casualidad, las cagó el mundo pa' chico.

—¡Puta, compadre, te las mandaste! Enfermo de elegante, todo un *businessman*... ¿Qué mierda hacís aquí? En la mitad del planeta, huevón.

—¿Hace cuánto? ¿Cinco, seis años? Harto, ¿no creís?

—Sí, volada, ¿no es cierto? Me la compré en Miami. Súper loca esa ciudad: puros viejos de rosado con sombreros. A todo kitsch, todo artificial y falso.

—¿Casarme? No me huevís. *No thank you, no way*. Además, vos sabís, allá en USA las minas se encaman al tiro. No como en la universidad. Llegar y llevar. Me he echado cada polvo, compadre. A todo kink, sadomasoquismo, esa parada. Lo vai a pasar la raja, compadre. Espera no más. Vai a acordarte de mí. A la semana te vai a sentir obligado a ponerle el gorro a la Cecilia.

—Sí, ¿cierto?, me queda bien la bronceada. Sigo seco pa'l sol. Oh vanidad. Y vos también, no te hagái el sueco, huevón, o dime que no te acordái de esa vez que estuvimos todo el día en la piscina para vernos matadores para una fiesta y al final yo me pesqué a la, ¿cómo se llamaba?, la que cantaba *siento que me hace falta*... ¡Qué huevada!

—Bueno, mira, vivo en el Village, pero en el East Village, que es donde está la papa: el otro Village está muy gay, muy elegantoso, puros restoranes. En todo caso, se caga cien veces a Bellavista y Lastarria juntos. Claro que antes de llegar a New York anduve vagando a lo Jack Kerouac por las Rocallosas y Utah. Me tiré a una mormona drogada. Recorrí todo el continente. Tomé fotos. Bien buenas, las expuse en una galería del SoHo. Incluso fue el Andy Warhol y un par de los Talking Heads.

—¿Y cuándo se viene la Cecilia? Quiero ver a tus enanos, me tincan ene.

—Mira, yo trabajo no lejos de donde vai a estar; podríamos juntarnos a la hora del *lunch* o podemos ir al cine. Conozco uno donde solo dan películas antiguas. Programas dobles con puros filmes malos. ¿Has visto algo de Edward D. Wood Jr? Son las peores películas del mundo. Extraordinarias.

—Cómo te explico... Es un diario, un semanario en realidad, onda liberal; *new left*, *you know*, más chico y menos vendido al sistema que el Village Voice. Cubrimos la vanguardia, la fusión de culturas. Escribo de todo: entrevistas, críticas a performances, reportajes, *that kind of stuff*.

—Oye, un día de éstos, cuando vuelva, te llevo unos cuentos míos para que los leas. Son medio degenerados, a lo Bukowski, pero a mis amigos les gustan. Les encuentran una atmósfera a decadencia sudamericana. Cáchate.

—¿La novela? No es muy larga: 247 páginas. Mi editor cree que se va a vender. Incluso en suburbia. A los gringos les gusta este tipo de cosas. Los exiliados que conozco, eso sí, me van a matar, pero igual yo no los pesco. Tú sabes, siguen con la onda del discurso y la unidad. Los Inti y la Violeta. Me latean. Prefiero escuchar al Phillip Glass, no sé, a la Laurie Anderson. Tú me entendís. Estoy en otra. Por algo me fui. Chile se puede aguantar solo por un tiempo. Si no, corres peligro de acostumbrarte y considerái que todo lo que sucede allá es normal.

—Duró un año, pero la comadre se creía Annie Hall, andaba con sombreros y corbatas y se metió a un instituto hermético y ahí en una dieta para purificarse: nada de carne ni café ni drogas ni sexo. ¡Imagínate! Tres meses sin culear. No me huevís. Para qué vivir con una mina si tenís que irte de pura mano. Ahí se terminó todo. El otro día la vi en Penn Station. Ahora se afila a su gurú.

—Me dio por el teatro. Estoy metido en un taller de un argentino superamigo. Estamos montando un cuento mío, muy en la onda de Puig. Trata sobre un operador de cine que, de pura soledad, se vuelve loco y comienza a insertar trozos de películas que él hace en los filmes que exhibe.

—No, si lo que sucede... Te queda bien el ternito, el pelo corto, la colonia... ¿A dónde fue a parar tu barba, loquillo? *Hope you didn't sell out?*

—En Miami llamé a este cuico del Ciro. Está rebién. Me pasó a buscar al motel y fuimos al Fontainbleu a tomar daiquiris rosados. Nos engrupimos unas minas de miedo. Me tocó una mulata de Trinidad-Tobago. Me mordisqueó entero. Tengo todas las huevas con yodo.

—¿Querís...? Pero qué tiene, si en este pedazo de país todos la fuman. ¿Cómo creís que lo aguantan si no? ¿Dime que no te hai leído al Carlos Castañeda? Te falta mucho, *my friend, a real fucking lot.*

—Sí, puh, loco, a Chile me voy. La tierra de los zorzales y de los rojos co-pi-hues. ¿Cómo estoy? Buena memoria, ¿ah?

—Echo de menos la represión; tanta democracia me ha hecho daño, no sé cuándo debo parar. Allá todo tranquilo, poca sangre, pocos milicos en la tele. ¿Te acordái cuando descubrimos que el gas lacrimógeno servía para volarse? Con el Cristián pasábamos metidos en todas las barricadas para puro atinar. Dime si hay algo más entretenido que torear a los pacos. ¿Y los concha de sus madres siguen degollando?

—No, en serio, voy a dar una vuelta, ver a los amigos. Especialmente tú, que eres mi debilidad. ¿Para qué te urgís? Soi muy cómico, huevón. No corres ningún peligro, te juro. En todo caso, tú sabes, de entre todos mis malos amigos, eres el peor. Te he echado de menos. Poco, pero te he echado.

—Supongo que también voy para ir a ver a mis viejos, a la abuela, ver Santiago, la escuela, el Normandie. No sé, tratar de ver si soy de allá, ver si aún pertenezco. Tú sabes, *you can't go home again*. A veces pienso que nunca me ubiqué allá en Chile, que siempre estuve de paso, como en libertad condicional.

—Oye, media casualidad. Pensaba llamarte cuando llegara y sorprenderte.

—Hagamos una cuestión bien hecha: yo te llamo a tu hotel cuando vuelva de Santiago y nos vamos por ahí a comer algo. ¡Ya sé! Vamos a Elaine's y vemos al Woody Allen. Siempre va con la Mia. Antes iba con la Keaton, que era mucho más rica; me encanta la Diane Keaton, yo jamás la hubiera abandonado. Los lunes el Woody toca jazz en el Michael's Pub. Siempre nos juntamos ahí con mi grupo. Si está muy lleno, comemos algo en el restorán hindú que está en la 54, entre la Primera y la Segunda. ¿Te imaginas la envidia de los de la escuela si supieran que tú, yo, Woody Allen, Richard Price, qué sé yo, estuviéramos sentados en una misma mesa arreglando el mundo? En una de ésas, compadre. En Nueva York todo puede pasar.

—Estái empapado, ni que tuvierai fiebre, huevón. Se nota que no estái acostumbrado al trópico. Miami estuvo la semana pasada calurosa a cagar. Una onda de calor tremenda. Como en *Cuerpos ardientes*. Ven, vamos a secarnos.

Seguí a Miguelo hacia un rincón descascarado del baño. Ahí apretó los botones de dos máquinas secadoras de manos. Salía un viento helado, no caliente como en Chile. Miguelo pescó los aparatos y los dio vuelta. Colocó sus sobacos arriba del chorro de aire que salía. Yo me saqué la chaqueta y lo imité. Poco a poco lo mojado de la camisa se fue secando. Y la tela se heló. Corté la cuestión antes de resfriarme.

Viendo a Miguelo así, secándose la barba, con el pelo volando, pensé que él no podría estar en un escenario mejor. Y yo, como siempre, no podía estar más lejos. No tenía nada que ver con él, nada en común. Algo no cuajaba, costaba enganchar. En ese instante, por primera vez en años, lo eché de menos.

Salimos del baño y los de la sala de espera seguían aguardando lateados a más no poder. Dormían arriba de los bolsos, usando sus ratones Mickey del Epcot como almohadas.

—¿Vamos a la terraza a ver los aviones? Tengo ganas de pegarme una volada.

La terraza era más grande que la de Pudahuel y parecía como si se introdujera en la pista. Todo estaba negro y solo se veían las lucecitas que formaban un trazado en el horizonte. Los aviones estaban posados en la losa, uno al lado del otro, esperando cerrados y tranquilos el fin de la huelga. La humedad seguía firme, espesa, pero por lo menos había brisa. Brisa caliente, pero una brisa al fin que traía consigo una especie de niebla que se quedaba colgada sobre los pantanos.

—¿Te acordái de ese avión de la Braniff, ése lleno de colores fuertes, pintado en forma sicodélica? El que hizo Calder. Yo siempre quise viajar en él. Nunca lo hice.

Miguelo se fue hacia una esquina y se apoyó en la baranda. Dejó sus bolsos de mano en el suelo: encendió el huiro. La aspiró profundamente y contuvo el humo. Finalmente lo dejó escapar.

Detrás de Miguelo flotaban luciérnagas, me acuerdo.

La brisa cambió de dirección y el picante aroma del huiro me circundó, llenándome de imágenes antiguas que ya había olvidado: carreras de auto, pelando forros, por la Kennedy; Miguelo bailando en la calle a las cuatro de la mañana raja de cocido; recitales de rock en el Chile; rompiendo botellas a la salida del Trolley; engrupiendo minas en la pérgola del Mulato Gil; presos por marihuaneros en la Peni; capeando clases en el parque San Borja; paseos a Cartagena, donde las parejas quedaban deshechas y nacían otras jamás imaginadas.

Ya ni me acuerdo cuándo o qué día conocí al Miguelo. Fuimos compañeros de universidad y amigos. Pasábamos todo el día juntos. Entre las clases malas, los paros y las asambleas, había tiempo de sobra para ir al cine (eso era básico, vital), a fiestas todos los viernes, seducir mechonas, ir a robar libros chicos (de ésos que caben en los bolsillos de un viejo abrigo usado), comer lomitos en la Fuente Alemana, juntarnos todo el grupo en mi casa para escuchar a los Doors o a los Pink, un poco de Springsteen y harto de Police, comer pizzas, fumar hierba, tomar pisco, ver video-clips, jugar póker.

No sé cuándo comenzamos a distanciarnos, cuándo el grupo, nuestro lazo, nuestra pandilla de Toby, se acabó. Tampoco recuerdo el día que se fue de Chile. Ni fui al aeropuerto. Había abandonado el último año en la escuela: «Este país me queda chico, me tengo que virar». En ninguna parte calzaba. Le tenía resentimiento por no haber cumplido con lo mínimo que debía hacer alguien que se llamaba amigo, en especial en esos días en que la amistad y su consiguiente carrete eran lo único soportable, el único apoyo para resistir la eterna y cansadora ausencia de una pareja. Quizás yo le tenía envidia. Estaba picado por no ser como él, por no tener las patas para mandar todo a la cresta y viajar, atreverse a hacer lo que siempre yo había querido, sin pensarlo dos veces. Me parecía admirable su fría capacidad para no sentirse atado con nada sentimental. Pero a pesar de toda nuestra hermandad, su huida no me afectó demasiado, me pareció más bien esperable y anunciada. Ya no lo necesitaba tanto. Yo había encontrado a la Cecilia y ella me bastaba, más de lo que me había imaginado. En realidad fue Miguelo quien conoció a la Cecilia durante un Festival de Cine UC. Él me la presentó, pero yo fui quien me enamoré de ella al segundo, fui yo quien se dio cuenta de que ella era quizás mi único escape, mi última oportunidad. Mi pololeo trizó mi relación con Miguelo. Me puse tan engreído, tan seguro de todo, con esa altivez que se siente cuando uno sabe que alguien lo ama, que ni me preocupé de si él se sentía desplazado, afuera, solo. Miguelo nunca me dijo nada, no me criticó y yo tampoco intenté tocar el tema. Se fue alejando de a poco, recorriendo Santiago con mi misma pandilla que ya me parecía insoportablemente adolescente, quedándose dormido en cualquier casa, cayendo preso por drogas, por lanzar panfletos. Ni lo veía: solo rumores de sus locas andanzas, de sus escandalosas escenas por el *underground* capitalino. Después no supe más.

Yo terminé el año y antes de finalizar mi tesis tuve que casarme apurado. Igual lo deseaba. Era mi sueño y lo estaba concretizando. Por fin, Miguelo se embarcaba solo, en un avión, rumbo a otro continente, a otro día.

Nunca más supe de él. Hasta esa noche. Teníamos varias horas para reanudar esos lazos. Me sorprendía su triunfo: lo había logrado, era parte de esa élite soñada por todos mis antiguos compañeros que ahora eran unos burgueses que pagaban el auto a plazos, trabajaban de lunes a viernes tranquilos y obedientes, esperanzados de poder hacer lo que desearan una vez que jubilaran. Me escandalizaban las historias de Miguelo, su mundo, esa cosa cosmopolita que transmitía. Me atraía eso de trabajar en teatro o en ese diario chalado. Me asombraba aun más de lo que siempre lo había hecho. Sin embargo, seguía sintiéndome lejos; no podía lograr comunicarme. Me sentía tan poco al lado suyo. Intuía la visión que se llevaba de mí y eso lo empeoraba todo.

—Bueno, Miguelo, dime, ¿cómo estás?

—Bien. Bien, bien. No me puedo quejar. Al fin puedo decirlo: me siento contento, tranquilo. Creo que ando con racha. *I can't complain*. Casi feliz.

—¿Y qué piensas hacer después?

—Nada; lo que salga. *One day at a time*.

—¿Y metas?

—¿Qué chuchas es esto? ¿Una entrevista, huevón?

No me fluía nada. A sus preguntas respondía clichés.

Trataba de hacerme el seguro, el ganador. Todas mis opiniones sonaban huecas, con eco. Ya no estaba tan seguro de arrasar con Manhattan. Miguelo me hacía dudar. Antes de partir le dije a la Cecilia que nos tenía que ir bien en Nueva York porque *if you can make it there, you'll make it anywhere*. Ahora, un par de meses después, me doy cuenta de que no siempre se logra lo que uno quiere. Tengo ganas de volver. Necesito ver a la Cecilia. La echo de menos.

Miguelo por fin acabó el pito. Yo me alegré porque ya veía que nos atrapaba un paco y que íbamos a terminar en un calabozo de Balboa y no en nuestros respectivos aviones. Bajamos al *concourse* que solo era una sala de espera mal iluminada. Nos sentamos en unos sillones de espuma. Los aseadores barrían la basura y unas mujeres con cara de resignación limpiaban las transpiradas ventanas. Seguimos hablando y hablando. A Miguelo no le paraba la lengua. A lo lejos se escuchaban merengues, una salsa del Rubén Blades y hasta el mismísimo Lucho Gatica. En pocas horas —las peores: cuatro, cinco, seis de la mañana— habíamos resumido toda nuestra adolescencia y alcanzamos a ponernos bien al día con el presente.

El alba comenzó a llegar en forma lenta y caliente, tal como sucede en el Caribe. El sol se asomó de inmediato en el este y era una bola amarilla. Todos los bichos y los pájaros que dormían en los pantanos se alzaron frente a él, tapándolo por un instante. No había cordillera que hiciera más difícil su salida, por lo que se deslizaba con la mayor de las gracias. La niebla se disipó en forma de evaporación, quedando el pasto reluciente y lubricado. Las ojeras de todos los pasajeros delataban el desvelo. Un par de locales comenzaron a levantar sus rejillas. En una esquina escondida había una de esas especies de cabinas en que se toman tres fotos por 75 centavos de dólar.

—¿Saquémonos una?

Cómo podía decirle que no. Nos sentamos en la butaca, colocando los ojos a la altura indicada en el espejo. Apreté el botón. Esbocé una sonrisa. Salieron bien. Yo me quedé con una. Miguelo con dos. Él pagó.

—¿Quieres café?

—Hace un par de horas que lo estoy deseando —le respondí.

—Yo voy. Te invito.

—Espero que no sea instantáneo. Sería el colmo.

Y partió.

Al principio no podía relacionar las cosas. Por equivocación abrí su bolso de mano buscando mis cigarrillos y encontré su pasaje. No tenía destino a Chile sino a Venezuela. Adjunto, un contrato donde Miguelo aparecía como obrero encargado de tender un oleoducto en la selva.

El aeropuerto ya estaba lleno de una luz dura y acaparadora. Miguelo apareció por un largo pasillo y traía un vaso de café en cada mano. A medida que se acercaba, traté de buscar los términos adecuados para preguntarle qué ocurría con Venezuela. Venía tan tranquilo y altivo que me era difícil coordinar ideas. Era como si él flotara sobre el piso. Parecía que tuviera resortes en los pies por la forma como se balanceaba. Cualquiera diría que estaba entrando a una première hollywoodense o abordando un yate.

—Mira lo que te conseguí, chico. Un poquitico de café colombiano de cafetera. Chévere, ¿no?

Estaba rico el café. No pude decir nada. Si me mentía era por algo. Supongo que no éramos tan amigos. A los amigos no se les cuenta cuentos. Pero no dije nada. Imposible desenmascararlo. Quizás su sonrisa saliente se hubiera quebrado. No podía. Le seguí el juego.

En eso la huelga se levantó y mi avión se preparaba a partir. Los motores comenzaron a encenderse y el aeropuerto se llenó de ese ruido tan delicioso. Los parlantes avisaban los primeros vuelos y pedían disculpas. Los pasajeros se amontonaban frente a las puertas de embarque. Más atrás, en plena sala de espera, un grupo con rasgos árabes comenzó a cantar y a bailar alrededor de unos novios que también danzaban. Miguelo y yo mirábamos asombrados la alegría y el desplante de los paisanos. Yo traté de hacerme el huevón, pero igual tenía que despedirme. No había vuelta que darle.

—Llegó la hora, compadre. Parece que yo todavía tendré que esperar un poco más.

—No te olvides de llamarme cuando regreses de Chile. Y no dejes de ubicar a la Cecilia en Santiago. Va a estar feliz de verte. Ella te puede llevar donde todos los amigos.

—Lo primero que hago al llegar a Pudahuel es llamarla. Te lo prometo.

—OK. Cuídate.

—¿Yo? Tú en todo caso. Manhattan es una selva. Te puede comer si no estás atento.

—Quiero verte allá.

—Yo también. Iremos a ver al Woody Allen.

—Trato.

—Hecho.

—Aún me cuesta creer que eres tú.

—Para que veas. Nunca he dejado de sorprenderte. No lo podís negar.

Me timbraron el pasaje y antes de entrar al túnel nos abrazamos y sentí que me cortaba. Chao,
Miguelo. Avancé lento por ese brazo que conecta-
ba la terminal con el avión. Estaba por llegar cuando Miguelo me gritó:

—¡Chao, huevón!

Levanté la mano y le grité de vuelta:

—¡Yo también!

Entré al avión y tuve hartos presentimientos.
Qué locura encontrarse con él. Por qué tanta chiva, qué ocultaba. Total, pensé, qué importa, no todos los días uno se encuentra con alguien que uno
quiere. Y el avión despegó, sobrevolando el Canal,
perdiéndose entre las nubes.

II

Después de tener más de sesenta días a mi haber en esta loca isla de Manhattan, llegué un día a

mi departamento vacío del Upper West Side y me senté a mirar los rascacielos que surgían al otro lado del parque. Los miré por horas, en silencio, hasta que el sol se puso y cada uno de ellos se iluminó piso por piso. Andaba de mala, agotado, tenso; aún faltaban más de cuatro meses para que llegara la Cecilia y ni siquiera había intentado buscar un departamento que fuera un poco más grande que el de un ambiente que arrendaba. La pura idea de tener que irnos a Hoboken o a Queens me deprimía. La plata, por cierto, iba a alcanzar para poco. Seguro que los niños iban a echar de menos el espacio, el jardín. Eso ya me llenaba de culpa. Lo otro era Miguelo. No daba señales de vida. Yo sabía por qué: no quería que lo pillara en sus mentiras.

A pesar de tener que colaborar con la editorial (una lata) y de estudiar como carretonero algo que ya ni me interesaba, no pude dejar de investigar. Tenía tiempo. Mi vida social igual equivalía a cero, mis compañeros de curso parecían hijos míos, no entendía sus códigos, me sentía subdesarrollado, conservador. No iba a los recitales; menos aun a la escena de los bares y las discothèques. Un par de veces salí con una mina de Sri-Lanka, fuimos al Thalia a ver algo de Tarkovski, pero fue algo platónico, desubicado. Estaba solo y lo sentía. Miguelo tenía tantos panoramas. Quería verlo, saber algo de él, preguntarle cosas. Tenerlo como referente, quizás. Decidí, entonces, dármelas de detective, seguir sus pasos, encontrarlo.

Mirando esas luces, las mismas con que había soñado en Chile, recapitulé todo lo que había aprendido sobre su vida.

La curiosidad me nació, desde luego, en Panamá, pero comenzó a aumentar al no recibir su tan prometida llamada telefónica. Cuando me cambié al departamento, dejé especificado en el hotel que, si alguien me llamaba, por favor le dieran mi fono. Nada. La Cecilia en las cartas me preguntaba por Miguelo; nunca la llamó ni tampoco fue a ver a sus padres, que nada sabían de él desde hacía cuatro años.

Iba a ser difícil. Si existe una ciudad donde es fácil perderse, es ésta. Quizás por eso llega tanta gente de todas partes del mundo. Uno siempre tiene la certeza de que nunca se va a encontrar con alguien; nadie que lo vigile, nadie a quien rendirle cuentas.

Llamé a Viasa y me confirmaron, después de largas súplicas y mentiras, que Miguelo había regresado desde Caracas hacía tres semanas en un vuelo directo. El pasaje fue cancelado en efectivo. Eso era todo lo que sabían. O sea, estuvo en lo del oleoducto apenas un mes. Extraño. Por lo menos estaba en USA.

Por supuesto revisé las guías telefónicas. No aparecía. Según la operadora central su nombre tampoco estaba listado en ninguno de los cincuenta estados. Comencé a comprar los tabloides. Tenía la idea de que podría aparecer en la sección *personals:*

«*Happy birthday, Clay: love, Blair*».

«¿Bisexual? Asiste al centro abierto Chelsea. ¡Sé todo lo que puedas!»

«Si eres la que andaba con un gran abrigo café jaspeado, comiendo helado de pistacho a la entrada del *Bleeker Street Cinema* el sábado a las tres, leyendo a E. M. Forster, llámame. Creo que te quiero».

«*Get into the groove. See you Battery Park. Lunch. Friday. Rossana*».

Puse un aviso en cada uno de los dos tabloides principales:

«*Desperately seeking Miguelo.*
Your Chilean friend».

Salía tres veces por semana. Cero respuesta.

El famoso semanario del Miguelo era casi demasiado no-comercial. Ni siquiera se vendía en los kioskos del Village. Lo encontré en una librería especializada en novelas detectivescas y comics. La publicación se llamaba *Wierdo's*. La adquirí y me la devoré. Era una locura, con reportajes a las cosas más desquiciadas: una vieja punk que vende bolsas plásticas pintadas por ella misma y que vive en la estación del metro de Cortland; un grupo de lesbianas conservadoras que atacan el aborto; posibilidades de una futura invasión de extraterrestres (dónde esconderse, qué ropas usar, qué música tocarles). También contenía unos cuentos surrealistas, hiperrealistas, obscenos, además de unos locos poemas haikú y letras de canciones new wave.

Partí hacia la dirección que salía en la página

dos, justo al lado de un aviso que llamaba a la unidad de los nerds de América.

La oficina de *Wierdo's* quedaba en una vieja bodega que daba al Hudson, en la parte baja de Manhattan. Adentro, letreros de neón, posters de Sid Vicious y los Dead Kennedys, un mural chillón y posmoderno. La recepcionista parecía recién llegada de Júpiter: andaba con un pelo color naranja eléctrico pero cortado a lo milico. Le conté mi problema. Me respondió con filosofía barata: *«We all are lookin' for someone»*. Tecleó la computadora. Sí, en efecto, una vez anduvo por ahí. Colaboró con dos artículos: los números 64 y 67. Dos años atrás. Mandó a llamar a un junior, un lolo andrógino, todo vestido a la usanza de Carlos Gardel, incluso con calañé ladeado. Esperé un rato. «Carlitos» volvió con dos diarios un tanto amarillentos. *«That'll be five bucks»*. Le pagué. ¿Tendrían acaso su dirección? No, nada. ¿Lo conoces? «Mira, *darling*, he tenido a tantos que ya ni recuerdo..».

En el departamento leí atento sus artículos. Eran atractivos, sorprendentes. Miguelo siempre había escrito bien, con gracia, pero nunca lo había hecho en inglés. Escribía como si fuera un nativo de Brooklyn. Uno de los reportajes era sobre un coleccionista que poseía todo lo imaginable relacionado con James Dean. El tipo, que tenía diecisiete cuando murió Dean, peregrinaba todos los 30 de septiembre a la tumba del ídolo ubicada en medio del *heartland* de Indiana. Ahora era un pelado cincuentón, bastante parecido en su modo a Sal Mineo, cuyas máximas pertenencias eran una puerta destrozada del Porsche (salpicada con la sabia sangre de Dean) y las botas puntudas que usó durante el rodaje de *Gigante*. Las botas le calzaban, no así la casaca roja de *Rebelde sin causa*. Los kilos y las penas de más habían distorsionado su silueta. Miguelo, que firmaba Mike-Angelo, había escrito una gran crónica. No era burlona, eso lo entendí bien, porque él siempre había venerado a Dean y se identificaba con su personaje de *Al este del paraíso*.

«Uno siempre escribe sobre las cosas que a uno le interesan, para puro poner frases que solo los amigos puedan entender», me dijo una vez y estaba en lo cierto. Por eso, quizás, escribo todo esto en vez de preparar ese informe atrasado.

El otro artículo de Miguelo era un divertimento: un análisis de los peinados de los rockeros a través de las opiniones de los estilistas más *in* del downtown. Criticaban a todos los del *mainstream* y entregaban recetas para tener el pelo como Boy George, Morrisey, Annie Lennox, Bono, hasta el propio Nick Zedd. El artículo tenía unas fotos bien locas de un tal Fanfare. Al día siguiente decidí partir a buscarlo. Andaba confiado. Quizás él sabía un dato que me podía ayudar.

Volví a *Wierdo's*. La recepcionista andaba vestida con un traje de espadachín. Pregunté por Fanfare. Estaba en la sala de revelados, lo esperé. Era un tipo con los pelos engominados que surgían de su cráneo para tratar de tocar, como un erizo, el techo o algo incluso más elevado o metafísico. Usaba un terno como tablero de ajedrez. Me convidó a su laboratorio. Fijaba fotos de una marcha de pro-vegetarianos. Se acordaba de Mike-Angelo y de los peluqueros. No sabía de su paradero, solo que trabajaba part-time en un cine medio rasca, especializado en programas dobles de mala calidad, cerca de Chinatown. Se acordó de eso porque Miguelo deseaba escribir un artículo acerca de los sobrevivientes de una película demencial que se filmó hace cincuenta años: *Freaks*. Quería que él fotografiara a los esperpentos, seres sin piernas ni brazos, mujeres con plumas, obesos sin ojos, que vivían asilados en un convento antiguo de Staten Island. Nunca lo hicieron. Miguelo nunca volvió a aparecer por *Wierdo's*.

Mi plan era visitar el cine al día subsiguiente, puesto que para el otro tenía una entrevista con el cónsul chileno. El viejo era un naval jubilado, arribista y zalamero, de gestos estudiados que aprendió en un rápido curso de la Academia Diplomática. Me trató de «compatriota» y de «amigo». Detrás de su sillón estaba la infaltable foto del General con sus condecoraciones que, en ese contexto, al lado de una ventana que daba a la bahía y a la Estatua de la Libertad, más parecía un chiste de dudoso gusto. El cónsul, al menos, había hecho su trabajo: Miguelo ingresó a USA por el aeropuerto de Miami. De esto hacía seis años. En New Orleans solicitó prorrogar su visa, lo cual le fue aceptado. En Milwaukee llenó los formularios para su *green card*. Dos años después hizo su nueva entrada a Estados Unidos por Seattle. Esta vez con una tarjeta verde «legal» que compró en Vancouver. Cruzó la frontera como residente. La dirección que tenía el consulado localizaba a Miguelo en una casa playera de Venice, en Los Angeles. Llamé larga distancia a California. Resultó ser una pensión. La vieja, una inmigrante polaca, lo recordaba. Efectivamente, había vivido allí como un año. Pasaba metido en el mar y vendiendo artesanía con una niña irlandesa, su conviviente. Luego partieron a recorrer el Oeste. Nunca supo más de los dos.

Hasta ese momento lo único que tenía por cierto eran sus vagabundeos por medio continente. Lo otro era que, oficialmente al menos, estaba dentro del país. Si es que no se le había ocurrido cruzar el Río Grande a nado. Esa noche no estudié. Estaba nervioso con lo del cine. Quizás ahí lo ubicaba.

Al otro día, en medio de una tormenta eléctrica, dejé la universidad, tomé el metro y descendí a dos cuadras del cine. Su nombre —el Sennet— brillaba en ampolletas azules y coronaba la marquesina muy art decó. Exhibían *Invaders from Mars* e *Invasion of the Animal People*. Me fui directo a la boletería. Una guatona con los ojos inflados a lo Marty Feldman, que probablemente no había sido tocada por otro ser humano desde el asesinato de Kennedy, miraba la calle en silencio, encerrada y protegida por una burbuja de cristal y cemento. Le expliqué todo. Apenas me miró. Típica paranoia neoyorquina. «Aquí se venden entradas, no información», me dijo. Finalmente se abrió: «*Sorry, Miguelo doesn't work here anymore*». Me mandó a hablar con Eric, el acomodador. Habían trabajado juntos y podría saber algo.

El tal Eric era un cabro joven, de bigotes, bastante normal tomando en cuenta el sector, el tipo de película que exhibían y, en especial, el público que asistía: adolescentes, muchos new wave y travestis, hippies renegados, moonies, viejos verdes, putas haciendo hora hasta que anocheciera, chinos comiendo popcorn con palillos. Para más remate, y esto me agradó muchísimo, las películas eran en tres dimensiones, por lo que toda la fauna de la platea tenía puestos unos anteojos de cartón. Esperamos que un monstruo se comiera a la sexy Barbara Wilson y salimos al foyer a conversar. No me costaba imaginarme ahí a Miguelo devorándose los filmes, engrupiéndose a cualquier lunática estupendosa que anduviera necesitada de compañía. Eric me explicó que el cine exhibía filmes tipo serie B, pero que una vez que llegó Miguelo, «el chileno» comenzó a programar. Se le ocurrió dar películas con títulos parecidos. Resultó un éxito. Miguelo trabajaba el primer turno y era muy responsable y simpático, dijo.

Eric no lo conoció excesivamente (nunca fue a su casa), pero iban a tomar té verde y arrollados-primavera a un boliche cercano. Sabía que era chileno, refugiado del régimen, torturado en una bodega del puerto de Valparaíso. Según Eric, el padre de Miguelo, un famoso líder de la intelectualidad sudamericana, había sido asesinado en un estadio deportivo. A Miguelo no le gustaba hablar de su pasado y él lo entendía porque su hermano mayor había estado en Vietnam y le sucedía algo parecido. También me sorprendió con el dato de que Miguelo colaboraba con Amnesty International y ayudaba a ingresar al país a haitianos perseguidos. Más aterrizado me pareció el que estaba escribiendo una novela sobre los cines pencas, que una vez le publicaron algo en *Wierdo's* y que vivió un tiempo con Sarah, una flautista-modelo-actriz-poeta-camarera irlandesa que a veces lo iba a recoger a la salida de la función. Eric estaba informado: la relación con Sarah terminó, no sabía por qué, pero de una forma muy mala y violenta. Miguelo anduvo muy mal, ebrio y drogado, se quedaba dormido en las butacas.

Luego de la ruptura comenzó a trabajar en una boîte porno donde daban películas y había peep-shows. También tenían espectáculos eróticos y putas y cosas así. Miguelo, antes de abandonar la pega, le confidenció a Eric que le fascinaba su nuevo trabajo, que se sentía apreciado y que estaba ganando buen billete fornicando arriba de un escenario. Por supuesto —estaba de cajón— no conocía el local, ni el barrio, ni nada. «No voy a esos lugares», me dijo y le creí. A estas alturas casi no me sorprendió su empleo. De pronto me imaginé a Miguelo en la tele haciendo alguna locura en *That's incredible* (comencé a sintonizarlo porsiaca) o cantando los domingos en Washington Square. Pero nada.

Volví estilando al metro. Tomé un carro todo rayado y mugriento. Comencé a leer los graffitis. El tren siguió avanzando por la oscuridad. Lleno, plagado de gente, de gente menos sofisticada que la que va por arriba, gente con grandes ojos y largos silencios, bolsas repletas de basura. En una estación se subió un grupo de negros break-dancers con una tremenda radio portátil. En medio del túnel la encendieron y la música rebotó en las pocas ventanas que aún no estaban rotas. Supertramp empezó a cantar *it's raining again, oh no, I'm losing a friend* y yo me bajé y la lluvia me mojó la cara y mientras miraba la silueta del edificio de la Chrysler que se perdía en las negras nubes que estaban apretando a Manhattan, pensé que todo era inútil y que no debía meterme en lo que no me importaba.

Los días siguientes estuvieron llenos de trabajos, de pruebas, lectura de mamotretos en busca de alguien que los publicara. En medio de esos tedios y obligaciones, de esas conversaciones con futuros premios Pulitzer que ni siquiera sabían inglés, comencé a averiguar acerca del mundo porno, del milieu del comercio sexual que era tan abundante como diversificado. Después de clases, como un empleado público con un secreto, me perdía entre los bares y las discos, las librerías y los cines *hardcore*. Hice una lista: más de cien y en todas partes, aunque Times Square concentraba casi todo. Descarté, en primera instancia al menos, los locales gay y de sadomasoquismo. Decidí centrar mi búsqueda por el Midtown e ir descendiendo. Todas las noches partía a dos o tres de estos antros. Resultaba caro porque no me creían el cuento y debía pagar igual, aunque fuera para hablar con el encargado y mostrarle la foto de Miguelo. Un Mike Hammer cualquiera con acento latino y chaqueta de tweed. Los locales eran, en esencia, iguales. Shows en vivo, sexo en vivo, mujeres con pene, videos pornos, acceso a lo que uno deseaba. Los primeros me chocaron pero al ir a tantos, y después de tanto tiempo de estar solo, comencé a fascinarme con los lugares, llegando a pasar horas mirando a través de un hoyito. Incluso reconocía caras, viejos y jóvenes, burócratas y obreros, hojeando revistas, instalados en hediondas y calurosas cabinas donde podían verse tres minutos de estímulos. Incluso paré en una sala, una pieza negra y terrorífica, donde una oriental se sobaba su clítoris lentamente bajo una luz azul mientras el público, hombres mayores, de bastón y bifocales, se masturbaban en el anonimato de seres semejantes que van a lo mismo, sin ninguna vergüenza, más bien redimidos gracias al vicio, a su descarada humanidad.

Pero el que busca, encuentra, y antes de lo pensado descubrí el local de Miguelo. Se llamaba Casbah y poco tenía de morisco. Estaba en la 43 Oeste, cerca del río, un barrio sórdido y antiguo, a punto de caerse derrumbado. El Casbah era un gran sótano pintado de negro y rojo con espejuelos, cortinas de terciopelo y estatuas de vidrio transparente. Era un sitio bastante cotizado por los hombres de negocios que no eran de la ciudad. Se entraba luego de soportar todos los nervios que significaba bajar por una larga y estrecha escalera iluminada de púrpura que albergaba a prostitutas que lamían a sus clientes y adolescentes extraviados que se inyectaban en la oscuridad. Una vez adentro, se pagaba. Distinto precio dependiendo del sector: privados con acompañantes, ventanas para mirar, bar y sala de espectáculos, cine con trago incluido.

Efectivamente, ése era el local de Miguelo, pero, por supuesto, ya no trabajaba ahí. Tampoco sabían dónde diablos andaría y tampoco les interesaba.

Trabajó ahí como un año y medio. Primero como camarero, luego hizo ciertos papeles en películas porno en blanco y negro para ser exhibidas dentro de esas famosas cabinas. Como eso lo hizo bien, tuvo buena acogida, dirigió algunas cintas para posteriormente actuar arriba del escenario. Fornicaba horas y horas en medio de una vorágine de luces fluorescentes, vientos, lluvia y Prokofiev. Debido a su buen desempeño, el judío dueño del boliche le permitió dirigir y protagonizar un filme porno a su gusto. Miguelo se salió del presupuesto y, tal como Cimino después de *Heaven's Gate*, fue despedido y marginado del sistema de producción pornográfica. Su película se llamaba *4 A.M.* y era una de las favoritas del local.

Comencé a mirar el show en vivo: un japonés, un negro y un albino penetraban, a un mismo tiempo y por todos los lugares posibles, a una muy lubricada y engrasada tipa con el par de tetas más grandes que he visto en mi vida. Dolly Parton: vete a casa. Terminé mi gin y salí. Pasé al cine donde estaba finalizando una orgía a la romana con decorados de cartón piedra. En la profundidad de campo, detrás de una columna y de una planta, Miguelo se tiraba a una colorina. Cerca mío un tipo le mordía la oreja a una puta vieja con rasgos caribeños.

A continuación empezó la película de Miguelo, tal como lo había solicitado después de coimear al operador. La sala se fue a negro y la pantalla se iluminó de verde:

Gregory Santana and Ira Bender, in association with CASBAH SKIN, presents FOUR A.M., a film by Miguelo Henriquez:

La cámara comienza a alejarse y uno capta que el verde es un semáforo que en ese instante se torna amarillo. Es de noche y llueve. La cámara vuela por una calle vieja y gira: se detiene en una tienda de recuerdos cinematográficos. Ahí comienza un travelling con grúa, paralelo a un roído edificio de ladrillos rojos. A medida que sube se distinguen parejas haciendo el amor a través de las ventanas que están brillantemente iluminadas. La cámara continúa subiendo hasta que se introduce en un oscuro departamento cuya única luz es un leve reflejo azul. Corte a una toma en picado. Se distingue un catre de bronce, ropa tirada en el suelo, una silla y Miguelo despierto bajo las sábanas. Mira el techo. Hay una radio reloj digital en el suelo, justo al lado de una jeringa vacía. Los números son verdes: cuatro a.m. Miguelo se levanta con cara de pesadumbre, notoriamente deprimido y errático. Transpira como si tuviera fiebre. Solo tiene puestos unos viejos calzoncillos tipo boxer. Se acerca a la ventana. La cámara lo enfoca desde afuera y distintos colores se reflejan en su cuerpo. Mira atento, fijo; sus ojos se ven cansados; sin vida. La cámara retrocede para ampliar el plano: él introduce su mano en los calzoncillos. Comienza a juguetear con su paquete, la cámara toma el punto de vista de Miguelo y comienza a acercarse lentamente al edificio de enfrente. Hay una pareja desnuda haciendo el amor. La niña mira a la cámara fijamente mientras jadea. De pronto, un tren avasallador ocupa de improviso la pantalla, avanzando a tal velocidad que es díficil distinguir a los pasajeros que van dentro hasta que empieza a disminuir hasta avanzar en cámara lenta. Miguelo, ya desnudo, salta por la ventana y comienza a girar en el aire hasta que el tren termina de pasar. Miguelo está en la cama con la niña de enfrente, enroscados en un frenético juego masoquista de golpes y rasguños, estrangulamientos y gritos que dan paso a un orgasmo lento, ruidoso y tierno, una pequeña muerte suave y leve. Cambio de escena y la cámara está en la calle. Sigue lloviendo y unos viejos de abrigo negro recogen la basura. Un zoom nos acerca al semáforo y éste comienza a cambiar de colores con ímpetu, rojo, verde, amarillo, verde, rojo, amarillo, verde. Se intercalan, en una secuencia larga y esquizoide al ritmo de un tambor jamaicano, los tres colores, la escena de él y ella en la cama haciéndolo y Miguelo mirándose a sí mismo en el reflejo del vidrio mientras se desahoga. Los intervalos duran lo que Miguelo se demora en ejecutar cada pulsación. Todo es rápido y tambaleante como en un video. Al estallar todo, los tres planos se diluyen en uno: Miguelo se coloca los calzoncillos y un impermeable mientras se escucha a Nilson cantando *Everybody's talkin' at me*, la canción de *Perdidos en la noche*. Sale de su departamento y baja las largas escaleras. Paralelamente, Miguelo se despide de la niña y se pone unos calzoncillos y un impermeable. Sale del departamento y baja unas largas escaleras. Toma desde el aire: ambos salen a la calle, frente a frente, y se acercan, chocando y transformándose, fundiéndose en uno solo. Ya no llueve, hay viento y papeles que vuelan. Camina cerca del río y el alba se acerca. No hay nadie en la calle. Se sienta en un escaño, frente a la silueta del Brooklyn Bridge, igual como en *Manhattan*. Miguelo está con la barba a medio crecer, decaído, descalzo. Respira hondo y lanza una carcajada cínica. Se levanta. Sigue caminando. La cámara lo filma por atrás. Comienza a llover. Un semáforo se pone rojo. Fin.

Duró siete minutos.

Después de caminar unas cuarenta cuadras por la Séptima hacia arriba, respirando el aire frío, atravesando como un niño asustado los charcos de vapor que emergen del metro, sintiéndome en casa y a la vez tan lejos, llegué a mi pieza-departamento, miré por la ventana ese reloj en la punta de un edificio para sorprenderme de la hora y del frío, tomé un Nobrium y por poco me puse a llorar. Ya no había dónde buscar. Sabía todo lo que podía saber. Es decir, no sabía absolutamente nada y ya poco me importaba, seguro que andaba por ahí reventándose con el jet-set en uno de los clubes del Upper East Side.

Esto aconteció la semana pasada. Aún sigo sin saber nada. Siento pena pero lata también. Tengo que trabajar, estoy atrasado. Contesta el aviso, Miguelo, contesta.

III

Miguelo murió ayer. Se pegó un tiro en la sien. Lo supe a través del *Daily News*. Trabajaba de nochero en un edificio que no está a más de ocho cuadras de aquí. El artículo decía que estaba solo como una rata. Media novedad. Eso ya lo sabía, nadie en Nueva York puede estar de otra forma. Pensar que mientras yo escribía todo lo que había averiguado sobre ti, estabas a un par de días de tomar tu decisión huevona. Claro, suicidarse, llamar la atención, salir en el diario. ¿Por qué no leíste el aviso?, ¿por qué no me buscaste? Conocías mi paradero. Mira la que me hiciste. Ahora me siento aun más solo, no conozco a nadie en esta ciudad de mierda, nadie me habla. Quería verte, hacer lo de antes, vagar, partir a Canadá, dar vueltas por Coney Island con mis enanos y que ellos te dijeran «tío» pero, conociéndote, tú los obligarías a que te dijeran solo Miguelo para así no sentirte viejo. ¿Y en qué quedó lo de la obra, y Woody Allen, y tus ideas y cuentos? ¿Y qué debo decirles a todas tus amigas, amantes y admiradoras? Y ahora debo dejar de echarte de menos y partir a buscarte a la morgue. Ahí estás, solo, encerrado, esperando que alguien te reclame. Calma, me pongo el abrigo y parto.

Hace un frío tremendo pero no llueve. Lo que congela es la niebla. Aún es temprano y nadie me ve salir. A nadie le interesa. Ando por la calle, camino, trato de perderme pero no hay muchedumbre. Paro un taxi. Lo maneja un salvadoreño que escucha a Bach. El trayecto es lo suficientemente corto para no alcanzar a pensar mucho. Estoy solo, en América, recorriendo un Nueva York a punto de ser nevado, dándome cuenta de que uno puede escapar de todo menos de uno mismo. Deberé reconocerlo, firmar papeles, ir a un *mortuary* y hacer los arreglos. Chispea. El Hudson está negro, estancado, sin los reflejos de los edificios de la orilla. Corre una ventisca demencial. Después tendré que conseguir un sitio donde enterrarlo, colocar un obituario que nadie leerá, escribirle a la Cecilia que probablemente va a llorar con la carta.

La morgue es un tremendo edificio verde-agua, helado y con eco. Ningún tour lo incluye en su ruta turística. Entro y mis pisadas retumban en forma casi cruel. Hay una oficina de informaciones donde la gente llega y pregunta: «¿Tendrán ustedes por casualidad a mi padre?» Sí, en efecto, sígame por favor. Y sigo a un tipo con facha de griego trasplantado. Es un pasillo eterno lleno de puertas empañadas. Paso a una sala con un vidrio. Al otro lado se enciende la luz. Entra el griego con una camilla. Hay un cuerpo y está tapado. Descubre la mitad. Es Miguelo. Luce una desteñida chomba chilota. Tiene un agujero amoratado en cada costado del cráneo. Se ve serio. Hay sangre salpicada sobre su faz. Asiento. Apagan la luz. Salgo. Le doy los datos que tengo. Firmo unos papeles. Cancelo ocho dólares. «Debemos efectuarle una autopsia. Es ley estatal. ¿Quiere presenciarla?» No sé por qué me lo ofreció. Le dije que sí.

Entro a un anfiteatro de dos o tres escalones. Es blanco como la nata de la leche. Hay un gran foco instalado en el techo. Abajo, al centro, una cama de losa plana con drenaje. Entra un médico joven que no me mira. Un viejo entra en seguida con la camilla. Le saca la sábana. El médico le agarra los pies y el otro los brazos. Está rígido, duro, de cera. Un, dos, tres y lo levantan y lo dejan caer en la losa. Miguelo rebota y su cabeza se golpea y suena hueca. Está vestido, con una barba de tres días, bototos. Tiene los ojos abiertos, fijos, postizos. El ayudante le baja los párpados. Mejor. Prefiero que no me mire. Primero el reloj, la billetera, el cinturón. Los bototos, los calcetines artesas, los jeans desteñidos, la chomba chilota, la camisa de franela, la camiseta, los calzoncillos tipo boxer. No hay aro. Miguelo se ve todavía más rígido. Su tirante estómago no se mueve y los brazos le cuelgan a plomo. Trato de mirar bien, pero ni un movimiento. Está tieso, yerto; asusta. Las piernas están amarillentas y los dedos están verdosos y arrugados, como si hubiera estado varias horas en una tina fría.

El médico anota toda su ropa en un informe. Rutina. Enciende un micrófono que cuelga del cielo. Toma un aparato largo que tiene una especie de disco encima y lo prende. El disco comienza a girar a alta velocidad, transformándose en una sierra. Se acerca a Miguelo. El ayudante le levanta la cabeza. La sierra le entra por atrás y el ruido del hueso que se quiebra me cala. Hacen un semicírculo de oreja a oreja. La apaga. Espero que levante la tapa del cráneo, pero en vez introduce el dedo debajo del cuero cabelludo, agarrándolo, y lo levanta por sobre la cabeza y lo da vuelta. El pelo queda por debajo y el rostro de Miguelo se tapa con ese cuero gelatinoso y compacto, rosado. Sigue la sierra. Levanta la tapa del cráneo. Los sesos a la vista. Hay sangre y coágulos. Mete la mano y con una tijera hace cortes. Entonces extrae el cerebro. Está destruido. Una bala lo atravesó hace poco. El médico lo troza a lo largo como un bife. Con una esponja sacan la sangre amoratada que flota en esa fosa vacía. El doctor habla pero no entiendo ni escucho. Yo sé de qué murió. Ellos desean saber si hubo presencia de drogas o alcohol o si tenía cáncer. El ayudante se retira y se va hacia el fondo. Vuelve con una navaja. La mete debajo de la manzana de Adán. Con violencia cava hacia el fondo, iniciando el recorrido a lo largo del tórax y del vientre. Un jugo amarillento sale a flote y un olor a ratón podrido me invade la nariz: veo aparecer carne roja y brillante, el desayuno comienza a subir, siento arcadas, unos espasmos se apoderan de mí y las náuseas no me dejan tranquilo y bajo corriendo con las manos en la boca hasta llegar a un lavatorio en pleno pasillo donde sale el vómito con dificultad, quedándose atravesado en la garganta, en los dientes, en las fosas nasales. El vómito es espeso, amargo, con olor a cuerpo descompuesto, con olor a Miguelo y eso me da aun más arcadas y la sustancia es roja y amarilla y recuerdo los sesos, los riñones.

Me enjuago la boca y coloco una pastilla de menta en mi lengua. Por la ventana miro las siluetas de los edificios y, al final, las torres del World Trade Center. Decido volver a entrar. Respiro profundo y abro la puerta. Ahí está, enteramente diseccionado. La piel que hace poco estaba tensa y lisa ahora está amontonada y suelta, arrugada, colgando a los lados. Donde estaba el ombligo ahora están los intestinos húmedos y malolientes. Con un cucharón sacan la sangre y la depositan en un envase. El corazón está partido sobre la mesa. Las piernas tijereteadas tienen al descubierto las venas, los músculos azulinos, los huesos. Un final abierto. Cierro la puerta y salgo.

Mañana deberé enterrar a Miguelo. No hay vuelta que darle. Después de la morgue tomé otro taxi y partí en busca de una funeraria. Ahí una tipa extremadamente aséptica, guantes de goma, toda de blanco, pelo enmoñado, me entregó un formulario. Saqué la billetera de Miguelo que me habían entregado y anoté sus números, edad, características. Después tuve que elegir cómo lo deseaba: embalsamado (aserrín o algodón); maquillado; peinado de peluquería y manicure; vestido con terno o envuelto a lo judío. Con respecto al velorio, disponía de varios servicios y a distintos costos. Había flores, música (en vivo o grabada), cóctel de cualquier tipo, incluso vegetariano, video. También ofrecían gente que lloraba. Había ataúdes de madera, de plástico, forrados, con radio o luz. Durante el velorio el muerto podía participar del evento estando presente detrás de un vidrio, ya sea dentro o fuera del féretro.

Elegí lo más normal y barato. Faltaba algo: el cementerio. Me pasaron listas. Existía la opción de la incineración o de trasladar el cuerpo a Chile. Miré los sitios. Nueva York era prohibitivo. New Jersey, más barato. Bajé la mirada y vi la palabra mágica: Asbury Park, la tierra natal de uno de los cantantes favoritos de Miguelo y yo: Bruce Springsteen. Era un balneario viejo, con *boardwalk* y hoteles clausurados, playa con paseo donde venden *corndogs*, algodón de dulce, choclos con mantequilla, camarones fritos, burritos y toda esa comida mala que había conocido a través de las películas. No quedaba lejos, era tranquilo y romántico, y el pueblo en sí era una maravilla. En vez de plaza tenía un parque de diversiones, con carrusel y todo, que fue construido durante los años treinta y que hoy estaba totalmente oxidado. Asbury Park, New Jersey, mirando al Atlántico, iba a ser el lugar de Miguelo.

Lo más lejos posible de Ñuñoa que podía ofrecerle. Firmé, pagué y quedamos en que ellos irían a la morgue a buscarlo y lo llevarían al pequeño cementerio, que mira al mar, mañana por la tarde. Un funeral tranquilo, sin prisa, vacío.

Con eso listo, me subí a un carro del metro y bajé en la estación más cercana al edificio donde Miguelo trabajaba todas las noches. Ahora sí que daba lo mismo si no conocían la dirección de su casa. Yo sí la sabía y era mi próxima parada.

El lugar era un rascacielos más bien bajo. Miguelo cuidaba de los pisos inferiores que pertenecían a una compañía química transnacional. Eran unos pisos diseñados para no perder el tiempo. Ni laboratorio tenía. Ése estaba en Oklahoma. Aquí se trabajaba para vender. Recorrí las oficinas y vi el sitio donde se pegó el balazo: un pequeño cubículo con varios monitores que vigilaban las entradas, una cafetera, un calendario de Tahití. Ya no había sangre y Miguelo tenía un reemplazante. Hablé con otro nochero. Poco lo conocía. Se juntaban todas las noches a las doce a comer pizza o algo de McDonald's. Era un gordo cincuentón de anteojos poto-de-botella. Tenía el aspecto de ser de esos tipos muy aterrizados a quienes nadie les cuenta cuentos. De ésos que no compran autos japoneses porque éstos bombardearon Pearl Harbor. Con Miguelo las relaciones eran tangenciales y no le gustaban sus ropas ni eso de pasarse leyendo o de oír sin parar su walkman. «La gente que escucha mucha música, ve muchas películas y lee muchos libros no tiene mucho futuro, ¿no cree? Tratan de lograr con eso lo que no logran en la realidad», me dijo. Quizás, puede ser, *maybe*.

Salí de ese edificio comprobando que al Miguelo ya poco le importaban las relaciones. La gente que había estado cerca de él había sido solo accidentes, compromisos al pasar. Entré a una disquería y compré varios cassettes de Bruce Springsteen. Sentí una necesidad de escucharlo después de tantos años. Le dije a la niña que iba a entrar a una de esas casetas especiales. Tenía un urgimiento por oír *Bobby Jean*:

Now you hung with me when all the
others turned away, turned up their nose.
We liked the same music, we liked the same
clothes.
We told each other that we were
the wildest.
The wildest things we'd ever see.
Now I wished you would have told me
I wished I could have talked to you
just to say goodbye, Bobby Jean.

La casa de Miguelo resultó ser un destartalado departamento de ladrillo viejo, con unas oxidadas escaleras de incendio que lo rodeaban entero. Estaba en pleno Alphabet City, cerca de la calle 8, el barrio del crack y la heroína, y miraba al poco atractivo East River. Una cuenta de luz en su billetera lo delató.

Para variar, la conserje, una negra de gruesos labios y pelo rubio, poco sabía de él: pagaba su renta, no llevaba a nadie, no tenía perro. Me pasó las llaves. Ella también había leído el *Daily News*.

Era una pieza alargada con un baño sin tina pero con ducha. Un colchón en el suelo, unas cajas con ropa, un escritorio hecho a partir de una puerta vieja. No había cocinilla o frigider, solo un lavaplatos saltado. La ventana era grande, con persianas. También había un sillón roto como del ejército de salvación, calefactor, un baúl con calcomanías de aerolíneas, un póster que decía *Visit Chile* con un Santiago con la cordillera nevada de fondo. También había unos afiches de pintores que eran bien vistosos. Arriba de la cama, un póster de la película *Las hormigas asesinas* y otro, en blanco y negro, de *El transcurso del tiempo*, de Wenders. Tenía un sólido librero con hartos títulos en inglés y unos pocos en castellano. Una colección de revistas *Bomb*, *Interview*, *Paper* y *Film Threat*. Al centro del mueble, una foto: Miguelo abrazado de una colorina estupenda. Ambos se ven felices y sonrientes y sus pelos están volando. Al fondo, Manhattan en chico. Era Sarah. Abajo de la foto enmarcada, escrito con tinta, decía: *Empire State, lo más alto que he llegado*.

Sobre el escritorio había un vidrio que aplastaba artículos de diarios, cuentas, sus trabajos en *Wierdo's*, una foto suya frente al cine Sennett. También una máquina de escribir y varias carpetas y papeles. Había una azul que decía *Stories*. La tomé; era gruesa y pesada. Decidí llevármela. No creo que la lea por un buen tiempo. No tengo ganas. O quizás no me atreva. Pero lo más importante: las dos fotos que nos tomamos en Panamá, adjuntas con un clip al aviso *Desperately seeking Miguelo.* Le di una patada a la puerta, pegué un portazo y bajé corriendo las escaleras. Llevaba bien apretada la carpeta. El cielo se estaba despejando y oscureciendo a la vez. Yo quería que lloviera.

Tomé el metro y los graffitis pasaron rajados por mi retina. Todos los rostros se veían blancos, sin bocas. Sentí los cassettes en el bolsillo. ¿Y en qué quedó ese juramento, huevón? O dime que no te acuerdas de esa vez, escuchando a Bruce en la playa, yo lleno de crema por haberme asoleado como jetón: *we made a promise, we swore we'd always remember, no retreat, no surrender,* y a la primera o a la segunda, qué sé yo, no importa, te entregas, te rindes y te baleas. Por lo menos pudiste hacerlo en tu propia casa y no dar un espectáculo. ¡Ah!, y el toque: guardar las fotos y el aviso para que cuando llegara —sabías requetebién que llegaría— las viera y me sintiera mal y pensara «puta que andaba tan mal que ya no se acordó de mí». Yo sé por qué no me llamaste, huevón. Tenías miedo, te cagabas en tres tiempos de que te sorprendiera en tus chivas, que cachara que te iba mal, pésimo, y que New York City te pisoteó, te dejó hecho mierda. Ya no te sentías amigo mío y eso no te lo voy a perdonar tan fácil. Si lo fueras, te hubiera dado lo mismo, me hubieras pedido ayuda, consejo, cualquier cosa. La cagaste, Miguelo, la cagaste firmeza. Pero a pesar de todo quiero que te quede bien claro, compadre, que la huella de tu amistad no se ha borrado y probablemente me va a dar pena mañana en la tarde cuando esté solo en el cementerio y cada vez que vaya a ver películas malas pensaré en ti. ¿Está claro? ¿Escuchaste? ¿Contento? ¿Es mejor allá arriba que acá abajo? ¿Es verdad que uno ve la película de su vida pasar frente a sus ojos? ¿Y cómo es? ¿Para premio? ¿Taquillera? ¿Con un final abierto?

Me bajé del metro y las nubes culeadas aún no se largaban a llover. Entré a un café y pedí un cortado. Fui al baño a mear. Me bajé el cierre y frente a mis ojos, en la pared, una letra temblorosa decía: *Is There Anybody Out There?* Debajo, con una letra negra, gruesa, segura, alguien respondía: *NO*. Me sacudí, tiré la cadena y salí. Miré a mi alrededor y, efectivamente, no había nadie.

(1987)

Lo que dijeron los críticos

«Una generación que a fines de los años 60 apenas gateaba y emitía monosílabos, irrumpe en los 90 con este sorprendente emisario de una neo-forma temática y lingüística cuando la monotonía editorial ya parecía irremediable».

Dr. Arturo Grau M., *La Época*

«...una frecuencia tan persistente de garabatos, de obscenidades, de giros coprolálicos y de adjeti-vaciones y metáforas de orden sexual, que en mu-chos años de lectura de toda clase de libros no re-cuerdo una concentración 'escatológica' del calibre de ésta, al menos en Chile».

Ignacio Valente, *El Mercurio*

«Cuentos cortos, rápidos, dolorosos, reales. Es difícil que alguien no vea, escuche, huela, sienta, ubique o reconozca al menos a un amplio sector de jóvenes en Chile».

Revista *Visa*

«La crítica de fondo que se puede hacer a los cuentos de Sobredosis recae sobre su poética decadentista que coarta y restringe el ámbito de lo narrable al negar las posibilidades expresivas de nuestra lengua».

Patricio Varetto, *La Época*

«Fuguet es total. Leerlo es *big fun*».

Camilo Marks, *La Época*

«Fuguet es un escritor al galope. Las palabras le van brotando tal como a Martín Fierro sus coplas, *como agua del manantial*».

Enrique Lafourcade

«Porque a una narrativa estilísticamente tan anémica como la chilena le venía llorando una Sobredosis de fluidez».

Marcelo Maturana, revista *Reseña*

«Hay que leerlo. Por lo menos para saber lo que está pasando. Nos disguste o nos encante, Fuguet tiene algo que decir».

Marco Antonio de la Parra, revista *Caras*

«Dueño de una prosa escueta y sin desperdicio, de fácil llegada, su signo más notorio es el gusto por la provocación, en pos de la cual casi no hay recurso que renuncie a emplear: la ironía, la burla, el sarcasmo, el cinismo y hasta el insulto. [...] ¡Ojo!, en todo caso, con este escritor, que seguirá dando que hablar».

Carlos de Santiago, revista *Pluma y Pincel*

«A Fuguet se lo lee con permanente interés; también con inquietud, porque su constante tono transgresor no hace sino ocultar, a medias, una realidad muy amarga».

Carlos Alberto Gómez, *La Nación* (Buenos Aires)

«Fuguet, como Donoso, es un inteligente crítico de la burguesía; como narrador, supo incorporar los temas que hacen a una época».

Sergio S. Olguín, *Página 12* (Buenos Aires)

«Fuguet blande armas probadas y, a diferencia de sus coetáneos argentinos, más atormentados por las dificultades de la representación, pinta al modo del siglo diecinueve (en clave acelerada) un héroe singular erguido sobre el telón de fondo de su época».

Clarín (Buenos Aires)

Biografía

Alberto Fuguet nació en Santiago de Chile. Hasta los once años vivió en Encino, California. Se recibió de periodista en la Universidad de Chile e inició una multifacética carrera como reportero, crítico de cine, columnista, guionista de cine y escritor. Su libro de cuentos *Sobredosis* fue tal vez la chispa que estableció el fenómeno literario y editorial conocido como «la nueva narrativa chilena». *Mala onda*, escrita cuando tenía veinticinco años, lo consagró como uno de los mejores narradores de su generación. *Por favor, rebobinar*, su tercera obra, afianzó su calidad literaria. Ha sido co-editor de tres antologías. Sus libros han sido traducidos al inglés, italiano y portugués. Sus últimas obras son *Dos hermanos. Tras la ruta de En un lugar de la noche* y el conjunto de artículos periodísticos *Primera parte*.

En 1999, la revista *Time* y CNN eligieron a este escritor como uno de los 50 líderes latinoamericanos del nuevo milenio.

En el año 2000 se estrenó la película *En un lugar de la noche*, basada en un guión original suyo. Ese mismo año, el cineasta peruano Francisco Lombardi, llevó al cine su novela *Tinta roja*. Durante el 2001 se adaptó *Mala onda* para realizar la versión cinematográfica.